심리상담사도
마음 아플 때가
있습니다

심리상담사도 마음 아플 때가 있습니다

발행일	2024년 2월 29일

지은이	김명서, 김미선, 김성례, 미래다혜, 양지유, 임성희, 전숙회, 정승민, 정재익, 최지원		
펴낸이	손형국		
펴낸곳	(주)북랩		
편집인	선일영	편집	김은수 배진용, 김다빈, 김부경
디자인	이현수, 김민하, 임진형, 안유경, 신혜림	제작	박기성, 구성우, 이창영, 배상진
마케팅	김회란, 박진관		
출판등록	2004. 12. 1(제2012-000051호)		
주소	서울특별시 금천구 가산디지털 1로 168, 우림라이온스밸리 B동 B113~115호, C동 B101호		
홈페이지	www.book.co.kr		
전화번호	(02)2026-5777	팩스	(02)3159-9637

ISBN	979-11-93716-88-5 03810(종이책)	979-11-93716-89-2 05810 (전자책)	

(주)북랩 성공출판의 파트너

북랩 홈페이지와 패밀리 사이트에서 다양한 출판 솔루션을 만나 보세요!

홈페이지 book.co.kr • **블로그** blog.naver.com/essaybook • **출판문의** book@book.co.kr

---

작가 연락처 문의 ▸ ask.book.co.kr

작가 연락처는 개인정보이므로 북랩에서 알려드릴 수 없습니다.

마음이 아픈 사람들을 위한
위로와 치유의 이야기

김명서 김미선 김성례 미래다혜 양지유
임성희 전숙희 정승민 정재의 최지원 공저

심리상담사도 마음 아플 때가 있습니다

자신을 채워야 다른 사람을 채울 수 있다!

10인의 상담사가 들려주는 자기 돌봄 이야기

북랩

들어가는 글

···

최지원

2023년 끝자락에 설레는 마음으로 10명의 심리상담사가 모였다. 심리상담사 공저를 위한 오리엔테이션에 참여했다. 서로 잘 알지는 못했지만, 글쓰기에 대한 높은 열정과 상담사라는 공통점. 그리고 첫 번째 책을 쓴다는 설렘으로 모임의 분위기는 후끈 달아올라 있었다. 이런 공통점 덕분에 나이대도, 사는 곳도 다른 우리는 서로를 독려하며 함께 글을 쓸 수 있었다. 주제를 받은 그날부터 잠을 이루지 못했다. 낮에는 상담사로 일해야 했지만 머릿속은 주제에 맞는 글감을 찾느라 쉴 틈이 없었다. 일이 끝나고 집에 오면 집안일보다는 낮 동안 머릿속을 맴돌던 글감을 놓칠세라 엮어나가고 다시 쓰기를 반복하며 밤을 지새웠다. 공저이기 때문에 각 주제의 정해진 분량을 지켜야 했다. 글감이 넘치는 사람들은 그 사람들대로, 적은 사람들은 적은 대로 나름의 고민을 정리하면서 글쓰기 작업을 해야 했다.

우리들의 이야기에 관심 가져줄 독자들이 이 책을 보고 서고에서 책을 꺼내 읽고 있는 모습을 떠올리니 무척 설렌다. 상담사라는 길에 관심이 있거나 상담사가 되기 위해 현재 열심히 공부하고 있는 분들. 상담사가 무슨 일을 하는지, 어떤 과정을 거쳐 상담사가 되었는지, 상담사로서 살아가며 어떤 일들을 겪어 냈는지 담담하게 소개하고 싶었다.

현재 심리상담사로 일하고 있는 우리들의 이야기를 네 가지 주제로 풀어냈다. 상담사는 마음이 아픈 내담자를 치유하고 성장을 돕는 사람들이다. 하지만 이런 상담사들도 어린 시절의 상처와 살아가면서 경험한 아픔이 있다. 상담사로 살아가며 겪었던 마음의 상처를 풀어내는 것이 첫 번째 주제다. 상담사도 신이 아니기에 심리적 어려움을 극복해야 할 때가 있다. 상담사가 되기 전 또는 상담사가 된 후의 어려움들이 상담사로서 우리에게 어떤 영향을 주었는지, 어떻게 극복했는지를 이야기한다.

어릴 때 다양한 꿈을 꾸지만 '상담사가 되고 싶어.'라고 말했던 친구들은 기억에 없었다. 요새는 상담에 대한 인식이 많이 좋아졌다는 것을 느낀다. 텔레비전 프로그램에서 정신과 의사와 심리상담사들이 자주 등장한다. 길을 걷다보면 건물에 한 개씩, 많게는 두세 개씩 심리상담센터 간판이 보인다. 분주하고 경쟁에 지친 삶을 사는 사람들, 그리고 우리는 마음 돌봄이 필요한 시대에 살고 있다. 그들을 위한 상담사의 역할은 더욱 넓어지고 다양해질 것으로 보인다. 그러기에 상담사라는 직업에 대해 많은 이들이 관심이 점점 높아질 거라고 생각한다. 두 번째 장은 지금 상담사로 일하고 있는 우리가 상담사가 된 계기와 동기에 관한 이야기다.

상담사로 일하면서 다양한 내담자와 마주하게 된다. 그들의 삶은 너무 무겁고 안타깝기도 해서 아무 말 없이 안아 주고 싶은 마음이 들기도 한다. 삶에는 여러 가지 모습과 이야기가 있다. 공감과 있는 그대로 이해하는 마음은 내담자와 상담자 사이에 신뢰를 쌓아간다. 그렇게 저축된 친밀감을 바탕으로 상담사는 내담자의 마음이 치유되도록 돕고, 보다 행복한 삶을 살아갈 수 있는 힘이 되어 줄 수 있다. 옆에서 지지하고 긍정하며 함께 버텨주는 사람의 역할을 하게 된다. 열 명의 상담사가 만나온 내담자들의 치유와 성장의 과정을 세 번째 장에서 함께 나누어 본다.

마지막 장에서 다루는 주제는 상담사들 자신의 마음 돌봄에 관한 이야기이다. 상담에 집중하고 그 일에 열정을 갖고 매진하면 마음이 닳기도 하고 고장이 나기도 한다. 상담사들도 소진될 때가 당연히 있다. 하지만 상담을 하다보면 자신이 소진되었다는 것을 모르고 지나칠 때가 있다. 그렇기 때문에 상담 공부 중 심신에 대해 수련하는 과정이 있다. 상담사 스스로 자신의 어려움을 인식해 탐색하고 자기 치유도 가능하도록 훈련을 받는다. 상담사로 일하면서 자기 돌봄의 필요에 대한 경험을 네 번째 장에서 이야기한다.

처음 글을 쓰기 전에는 상담사로 살아가는 이야기를 담담하게 풀어내는 정도라고 생각했다. 글쓰기 작업을 하면서 나의 삶 전체를 돌아보게 되는 계기가 되었다. 앞으로 상담사로 살아가는 데 필요한 에너지를 얻은 것 같다. 잊고 지냈던 상담사의 자긍심도 찾을 수 있었다. 상담을 하면서 느낀 보람과 깨달음이 지금의 나를 만들었다고 생각한다.

삶의 수레바퀴는 마냥 우리를 쉽게 해주지는 않는 듯하다. 초고를 쓰고 퇴고를 진행하는 동안 작가들은 가족을 챙기고, 자신의 일을 하며 부모님을 돌봐 드려야 했다. 하루하루 바쁘게 살았다. 그럼에도 불구하고 우리는 끝까지 해냈다.

공저에 참여한 상담사들과 글쓰기 작업을 할 때마다 숨죽이고 조용히 방문을 닫아준 가족들. 감사한 마음을 전하고 싶다. 그들은 때로는 글 속에 등장하기도 했고, 영감을 주는 빛나는 주인공들이었다. 가명으로 등장했던 모든 주인공 외에 글 속에 나오지는 않았지만 10명의 상담사와 만났던 수많은 내담자는 이 책의 주인공이다. 그들이 있었기에 우리가 상담사로 하루하루 성장할 수 있었다. 또한 우리의 글이 상담사를 꿈꾸는 사람들에게 도움이 되길 바란다.

마지막으로 이 책이 나오기까지 우리를 작가라 불러주고, 물러서고 싶을 때마다 확신과 진심을 담은 눈빛으로 할 수 있다고 힘을 주었던 [글빛백작] 이현주 대표에게 진심으로 감사를 표한다.

들어가는글　　　4

1장 나는 괜찮은 줄 알았다

1-1 다 괜찮다 (김명서)　　　14

1-2 어떤 세상일까? (김미선)　　　19

1-3 밥은 거룩하다 (김성례)　　　25

1-4 아버지와의 이별을 통한 나의 성장 (미래다혜)　　　29

1-5 이 별은 나의 별 (양지유)　　　35

1-6 아파도 아픈 줄 몰랐다 (임성희)　　　40

1-7 나는 괜찮은 줄 알았다 (전숙회)　　　45

1-8 청개구리 도전기 (정승민)　　　50

1-9 제대로 바닥을 쳤으니,
　　　이젠 잘 될 일밖에 없단다! (정재익)　　　56

1-10 묘한 연결고리 (최지원)　　　62

2장 심리상담사가 되기로 했다

2-1 창문을 열고 고개를 내밀다 (김명서)　　68

2-2 어리석은 선택이 아니었다 (김미선)　　73

2-3 나는 연극 심리상담사다 (김성례)　　79

2-4 세상에는 왜 힘든 사람들이 있는 거지?
사람의 마음은 뭐지? (미래다혜)　　84

2-5 준비된 필연! (양지유)　　90

2-6 만들어지고 있는 나 (임성희)　　95

2-7 심리상담사가 되기로 했다 (전숙희)　　100

2-8 운명의 수레바퀴 (정승민)　　105

2-9 상담사의 길로 들어서며 (정재익)　　111

2-10 나에게 어울리는 옷 (최지원)　　117

3장 마음과 마음이 닿는 시간

3-1 마음 공간은 쉼이며 연결이다 (김명서)　　124

3-2 나에게 하고 싶은 말 "고마워"(김미선)　　129

3-3 몸이 치유한다 (김성례)　　134

3-4 마음! 서로 닿을 수 있니? (미래다혜)　　140

3-5 우리들의 천국(양지유)　　146

3-6 배움의 길에 있는 나 (임성희)　151

3-7 마음과 마음이 닿는 시간 (전숙회)　156

3-8 단 한 사람을 위한 시간 (정승민)　161

3-9 상담사 패키지 안에서
발견한 무지개 빛 (정재익)　167

3-10 견뎌내고 있는 아이들 (최지원)　173

4장 자기 돌봄을 시작하다

4-1 언제 어디서나 스스로 돌볼 수 있다 (김명서)　180

4-2 숨은 것이 아니다 잠시 쉬었을 뿐이다 (김미선)　185

4-3 내 삶의 재생에너지 (김성례)　191

4-4 내가 더 건강하게 멀리 나아가려면 (미래다혜)　197

4-5 금 중의 금! 지금, 나의 절정! (양지유)　203

4-6 시련이 배움이다 (임성희)　208

4-7 자기 돌봄을 시작하다 (전숙회)　213

4-8 오늘도 토닥토닥 (정승민)　218

4-9 시작이 있었기에 변화를 만났다 (정재익)　224

4-10 한발씩 뚜벅뚜벅 (최지원)　230

마치는글　235

제**1**장

나는
괜찮은 줄 알았다

다 괜찮다

..

김명서

   일보다는 아이들이 먼저, 애정(애착)이 많은 엄마다. 엄마이기 전 나의 직업은 임상병리사였다. 병원에서 9년을 근무했다. 둘째가 다섯 살 때 내가 사는 지역에 있는 준종합 병원에 이력서를 냈다. 당당히 합격했다. 인수인계를 받고 일을 시작했다. 기업체 방문일이 많아 일주일 중 5일은 새벽 5시에 출근을 해야 했다. 대신 오후 3시에 퇴근할 수 있었다. 일하다 보니 큰아이가 일어나서 어린 동생을 돌봐야 했다. 아침 식사와 옷 입혀서 등굣길에 유치원으로 데려다줘야 하는 상황이 생겼다. 큰아이도 아직 엄마의 보살핌이 필요한 초3인데 큰형이라는 이유로 엄마 일을 대신하게 하고 싶지 않았다. 엄마로서 최선을 다하고 싶었다. 아이들이 우선이었다. 그래서 일보다는 엄마를 선택했다. '돈은 나중에 벌자.' 병원 근무를 그만두었다. 결혼 후 하루의 시작과 끝은 엄마였다.

아이들이 없는 오전에 일할 수 있는 것들이 뭐가 있을까 찾다가 우연한 기회에 지역대학에서 운영하는 경력 단절 여성을 위한 '나를 찾아가는 여정'이라는 프로그램에 참여하게 되었다. 참여 첫날 '조아리 창'을 했다. '조아리 창'은 타인과의 관계에서 개방적인지 폐쇄적인지 알아보는 것이며 스스로 객관화하여 바라볼 수 있는 프로그램이라고 설명해 주었다. '자기 개방이 뭐지?' 듣도 보도 못한 말과 질문들.

펜을 들어 질문에 따라 체크하고 안내에 따라 조아리 창을 그렸다.

결과에 대한 설명을 들으면서 다른 사람들의 조아리 창을 슬쩍 보았다. 폐쇄적인 영역이 나보다 더 넓은 사람들이 보였고 개방적인 영역이 더 넓은 사람들도 보였다. 내 결과를 보며 '이 정도면 관계에서 그다지 나쁘지 않고 괜찮네.' 중간만 가도 좋다는 말이 떠오르면서 안심이 되었다. 평소 사람들과 크게 다툼 없이 잘 지내고 학부모들 사이에서도 학부모 임원을 추천받을 만큼 신뢰를 받았다. 더군다나 학교폭력 심의위원이었다. 대부분 학교폭력 심의위원은 학교 봉사를 웬만큼 하며, 학교 행사에 따라다니고, 학년 학부모 임원이 맡는 일이었다. 그렇다. 극성 엄마는 아니지만 사람들에게 인정받고, 자녀에게는 희생적이고 사랑을 쏟아내는 엄마였다. 평범하지만 별문제 없이 열심히 내 역할을 충실하게 살아내고 있다고 자신을 믿었다. 나에게 살아가는 이유를 물어본다면 망설임 없이 자녀에게 사랑을 주기 위해 산다고 말할 수 있었다. 스스로 괜찮은 사람이라고 생각했다. 그때는 그랬다.

　그런데 나는 더 이상 괜찮은 사람이 아니었다.

　둘째 날 나의 장점을 찾아서 발표하는 시간. 막상 쓰려고 하니 생각이 안 났다. 답답했다. 간신히 두 가지를 썼다. 내가 듣기 싫어하는 말 '착하다'를 적었다. 어릴 적부터 '착한 첫째 딸'이라는 말을 친인척, 부모님의 지인분들을 만날 때마다 매번 지겹게 들었다. 그 말끝에 '맏며느릿감'이라는 말을 수식어처럼 붙여서 말했다. '착하다.'라는 말이 나오면 인상부터 써졌다. 그런데 그렇게도 싫어하던 '착하다'를 썼다. 다른 단어를 쓰고 싶었지만, 생각나지 않았다. '또 뭐가 있을까?' 짜내고 짜내어 겨우 성격이 밝다고 적었다. 고개를 들어 주변을 둘러보았다. 다른 사람들이 종이 위에 빼곡하게 채워가는 모습이 보였다. 순간 긴장되고 뭔가 더 써야 할 것 같아 초조해졌다. 생각은 안 나고 앉아있기 불편했다. 옆 사람의 글을 보며 슬쩍 훔쳐보았다. 눈에 들어오는 단어 중 '신뢰하는' 단어를 옮겨 적었다. 엄청난 범죄를 저지른 것처럼 가슴이 뛰었다. 내 장점을 다른 사람 글을 보고 적다니, 그리 어려운 것을 쓰는 것도 아닌데 말이다. 거기서 멈추지 않고 몇 가지를 더 채우기 위해 다른 사람의 발표 내용을 들으면서 티 안 나게 적어보려고 애썼다. 뒷자리 중앙에 앉아 다행이라고 생각했다. 영화 '나 홀로 집'에 나오는 얼간이 도둑이 된 기분이었다. 스스로 바보 같다고 생각하면서도 발표 순서가 되기 전에 장점 다섯 가지를 채워 다행이라고 생각했다. 이런 상황이 한심하고 창피했다. 내 장점을 다른 사람 글을 보며 따라 쓰면서 긴장했는지 발표를 마친 후 온 몸에 힘이 없었다. 고개를 푹 숙였다. 집에 돌아오는 길이 즐겁지 않았다.

평범하고 충실하게 살아온 엄마, 그게 '나'였다. 엄마라는 수식어를 빼고 '나'를 떠올렸을 때 표현할 수 있는 게 서너 개도 안 된다는 사실이 충격이었다.

"어떻게 이럴 수가⋯. 나에게 무슨 일이 벌어진 거지? 어떤 문제가 있는 걸까?" 스스로 물었다. 책상에 앉아 눈을 굴리며 다른 사람들의 장점을 훔쳐보던 나. 더 이상 괜찮은 사람이 아니라는 것을 알았다. 뭔가가 잘못되었다는 것을 느꼈다. 그것이 무엇인지 찾을 수 없었다. 머릿속이 흐릿했다.

결혼 후 나의 삶은 평범하지 않았다. 순탄하지 못한 결혼생활에서 아이들은 기쁨과 행복이었고 삶의 에너지였다. 남편의 사업 실패로 부부관계에 문제가 생겼다. 이를 해결하는 과정에서 서로 다른 의사소통 방식으로 갈등을 겪었다. 스트레스로 인해 마음에도, 몸에도 빨간불이 켜졌다. 아이들만 바라보았다. 아이들은 내가 지켜야 한다는 생각으로 머릿속이 꽉 차 있었다. 남편과의 문제는 나의 삶에 큰 영향을 주지 않는다고 믿고 싶었다. 그래야만 살 수 있었으니까. 하지만 그 믿음은 나의 바람이었다. 내면에는 아프다고 말하지 못하는 가여운 내가 있었다. 표현하지 못하는 '나'를 보고 싶지 않은 내가 있었다. 내가 무너질까 봐 두려웠다. '괜찮다. 잘하고 있다!' 스스로 다독이며 무너질 것 같은 자신을 보지 않으려고 애쓰던 내가 있었다. 아빠 역할을 하지 않으니 아이들 옆에는 나밖에 없다는 왜곡된 신념은 남편을 가족에서 제외했고 그로 인해 남편이 멀어져 갔다는 걸 나중에 상담 공부를 하면서 알게 되었다. 그 사실을 인정하는 데 오래 걸렸다.

15년이 지난 지금은 나의 머리와 가슴과 온몸이 삶에 반응하고 있다는 걸 느낄 수 있다. 반응에 대해 표현할 힘이 있으며, 순간에 따라 달라질 수 있다는 것도 인정한다. 이제는 존중 안에서 표현하는 것에 두려워하지 않는다. 나에게 일어난 모든 것을 수용하고 인정하며, 있는 그대로 바라볼 수 있게 되었다. 최선을 다해 살아낸 '나', 나에 대해 잘 모르던 '나', 나의 문제의 답을 찾고자 멈추지 않았던 '나', 이렇게 살아왔고 이렇게 살아갈 앞으로 '나'는 다 괜찮은 사람이다.

어떤 세상일까?

··

김미선

나는 전라도 도초도라는 작은 섬에서 태어났다. 섬이란 곳은 정이 있고 평화로운 곳처럼 느껴진다. 매서운 파도와 염전, 김 양식, 논, 밭 등 많은 일로 일상이 매우 바쁘다. 신체적 버거움이 큰 곳이다. 많은 일을 해내야 하는 집안으로 자녀들은 일꾼의 역할도 있다. 또한 일꾼 부족으로 인력사무실에서 일꾼을 사 와 주인집에서 함께 생활하였다. 일꾼들은 고된 노동을 이기기 위해 술을 마셨다. 술을 먹은 후에는 폭력적인 행동으로 주인집 가족들에게는 공포 그 자체였다. 항상 저녁 시간은 어린아이들에게는 긴장되고 떨리는 순간이었다.

나는 1남 3녀 막내딸로 태어났다. 남아선호 사상이 강한 시대에 아들을 낳는 것이 여자 인생에 매우 중요했던 시절이었다. 나를 낳은 것도 그 이유다. 하지만 딸이 태어나 부모님은 적잖은 실망을 하셨다. 약한 신체도 부모님에게 걱정거리였다. '잘 클 수 있을까', '장애인이 되면 어떡하나' 너무 심한 오다리 또한 염려 거리였다. 예전 섬이라는 곳은 자식을 노동력의 하나로 생각했다. 장애인들을 비하하는 일도 흔한 일이었다. 그들에 생명 또한 가치 없게 여기기도 하였다. 집단의식이 죽음으로 몰고 가는 경우도 흔히 볼 수 있는 사건이기도 하였다.

나 또한 돌이 지나기 전 엄마는 삶의 무게가 무거워 어린아이를 두꺼운 솜이불로 뒤집어씌워 죽기를 바랐다. 그 어린아이는 부모가 자신을 죽이려 한다는 것을 알았을까? 아이는 몸 감각으로 무엇을 느꼈을까? 엄마의 따뜻한 손길을 생각했을까? 아님, 차갑게 내동댕이치는 엄마의 손길을 느꼈을까? 나는 기억이 없다. 어린 시절 기억은 내 기억 속에 존재하지 않는다. 상담을 공부하며 사이코드라마를 배우러 간 적이 있다. 그곳에서 슈퍼바이저가 나에게 "넌 어린 시절 기억이 없구나?"라는 말을 듣고 생각했다. 정말 난 어린 시절 기억이 없다. 돌 전에 어린아이가 논두렁에서 혼자 외롭게 앉아 흙을 집어 먹으며 놀고 있는 모습이 사진 한 장으로 내 기억에 남아있다. 심지어 엄마가 솜이불로 덮어 두었다는 것을 엄마의 입으로 듣기 전에는 나는 알지 못했다. 아이에게 아픈 사실을 왜 이야기했을까? 지금도 의문이다.

어린 시절부터 난 엄마의 피부가 내 살갗에 스치기만 해도 내 몸은 소스라치게 놀라 온몸에 긴장감이 맴도는 것을 경험했다. 그럴 때마다 끝없는 죄책감에 힘겨워했다. 아마도 어린아이의 몸 감각은 엄마의 모진 마음을 느끼고 있었던 것 같다. 항상 나에게 했던 말 "네가 죽었으면 어쩔 뻔했냐." 이 말이 나에게 어떤 의미로 다가올지 난 그 어린 시절에는 몰랐다. 항상 우울감에 시달렸다. 자존감은 바닥을 쳤고, 무엇을 하든 자신이 없었다. 타인들의 시선이 두렵기도 했다. 타인들 앞에 설 땐 과도한 떨림이 나를 힘들게 하였다. 사람들과 어울리는 것이 매우 힘겨웠다. 진솔하게 다가가 나를 표현하는 것이 어려웠다. 타인들의 이야기를 듣는 것에 집중했다. 그러다 보니 차츰 말수가 적어지고 혼자 지내는 것이 익숙해졌다. 그렇지만 감정은 외롭고 고독했다. 함께하고 싶었다. 나의 감정을 표현하고 싶었다.

상담을 공부하며 알게 되었다. 나의 존재감이 거부, 거절, 버려짐에 감정을 경험했다는 것을…. 나의 존재감을 가족 안에서 인정받는 것, 버려지지 않기 위해 내 몸의 모든 에너지를 써 자신의 역할로 인정받으려 했음을 알게 되었다. 너무 처절하다. 너무 아프다. 옆집 아주머니가 아니었다면 어린 생명은 세상의 빛을 보지 못하고 부모에게 원망도 해보지 못했을 것이다. 그 후 나는 엄마의 감정 노예가 되었다. 엄마의 감정적 분노와 화를 쏟아 놓는 감정 쓰레기통이었다. 나를 끊임없이 통제하였다. 타인들이 원하는 삶을 살기 시작했다. 한 번도 나 다운 삶을 살지 못했다. 내 통제에서 벗어나는 순간엔 두려움마저 느껴졌다.

중학교에 들어갈 즈음 오빠 공부를 위해 부모님은 학교 근처에 자취를 시켰다. 오빠 밥을 챙기려 나를 딸려 보냈다. 하지만 오빠는 자취하고 싶지 않다며 집에서 통학했다. 나는 매우 기뻤다. 혼자 지내는 시간이 매우 좋았다. 외롭기도 했지만 혼자서 지내는 순간이 안전하다 느껴졌다. 주말이 되어도 난 집에 가지 않았다. 쌀이랑 필요 물품들은 집 근처에 사는 친구에게 부탁해 전달받았다. 일요일 아침 일찍 교회만 참여하고 나는 버스를 타고 자취방으로 돌아왔다. 연극치료를 배우며 원 가족에 대해 작업을 하다 슈퍼바이저는 "선생님은 혼자 살아 지금 이렇게 삶을 살 수 있는 겁니다"라고 이야기했다. 맞다. 중학 시절부터 나의 기억이 존재한다.

중학교 2학년 시절 새로운 음악 선생님이 전근을 오셨다. 음악 실기 평가 시간에 내 노래를 듣고 선생님은 "너 노래 잘한다. 노래해보지 않을래?"라고 말씀하셨다. 나는 처음 알았다. 내가 노래에 소질이 있다는 것을…. 나는 처음으로 꿈이 생겼다. 하지만 어려운 가정 형편으로 꿈이 봉오리를 피우기도 전에 좌절되었다. 원망하지 않았다. 항상 그래왔듯 나는 순응하고 받아들였다. 그리고 혼자 할 수 있는 음악이 무엇이 있을까? 고민하다 피아노를 독학하기 시작했다. 재미있었다. 오른손 따로 연습하다 완성되면 왼손 연습하고 그 후 양손 연습 과정을 통해 2년이 지난 어느 날 찬송가에 4부가 내 눈에 들어왔다. 예배 시간에 스스로 연주도 가능했다. 욕심이 생기기 시작했다. 피아노를 더 잘 치고 더 배워보고 싶었다.

20살에 서울 서초구 방배동 총회신학원 유아교육과에 입학했다. 피아노 실기연습실이 지하실에 있었다. 나는 많은 시간을 연습하기 위해 점심시간이 되면 지하실로 뛰어가 자리를 잡아두었다. 햄버거를 사 와 먹으며 연습했다. 어느 날 연습에 몰입하다 지하실 철문이 닫히는 소리에 깜짝 놀라 뛰어가 "여기 사람 있어요. 기다려 주세요." 소리를 질렀다. 경비 아저씨께서 문을 열어 주셨다. 다행히도 어두운 지하실에서 밤을 새우는 무서운 상황은 막을 수 있었다. 이런 인내의 과정에도 불구하고 한계가 느껴질 때 속상하고 답답했다. 어느 순간 한계를 넘어가지 못하고 스스로 포기하고 말았다. 포기하는 순간이 20대 젊은 날이었다. 포기와 함께 회피하기 위해 결혼을 선택했다.

상담사로 훈련받는 과정에서 대만 드라마를 보았다. 주인공은 자신이 원하는 일이 무엇인지 알아차리고 자신을 위한 선택을 했다. 드라마를 보며 나의 20대가 떠올랐다. 너무 측은하고 아팠다. 드라마 주인공은 자신의 꿈을 위한 도전을 선택했다. 아픔은 있었지만, 기꺼이 받아들이는 모습을 보며 나 스스로 꺾어버린 음악에 대한 나의 꿈이 아팠다. 어두운 방 안에서 욕구를 꺾고 아파했던 그 젊은 시절에 자아를 나는 눈물로 애도하고 미안하다 사과했다. 그 후 나의 노년 버킷리스트에 실버 합창단 활동이 적혔다. 치유와 성장을 통한 나의 새로운 꿈이 생겨난 것이다. 나는 기꺼이 축하하고 함께할 것이다. 스무 살 시절 나도, 지금의 남편도 기꺼이 축하해 줄 것이다.

나는 상담자이다. 내가 만나는 내담자 중에서 과거의 선택과 결과에 후회하는 경우가 많다. 부모에 강요로 문예창작과 대신 교대에 가고, 가정 형편의 어려움으로 공대에 갔으나 적응하지 못하고 자퇴한 친구의 꿈은 음악도였다. 이러한 꺾여버린 꿈으로 아파하는 내담자들의 이야기를 마음으로 들어줄 수 있다. 같은 아픔이 있기 때문이다. 나는 그들의 삶을 돌본다. 상담자가 된 지금 내 삶에 버릴 경험은 없다.

밥은 거룩하다

..

김성례

밥은 거룩하다. 온 우주를 품고 있으니. 매일 먹는 밥. 내가 밥을 먹으니, 밥은 내가 된다. 나는 밥을 먹지만 밥은 나에게 먹힌다. 가만히 '무엇을 먹었느냐'라고 묻는다. 밥만 먹는 것이 아니다. 밥을 먹으면서 기억이 나를 부를 때 응답하고 있다.

"성례야, 밥 먹자!" 엄마의 목소리가 우리 집 담장 너머로 들려온다. 친구들과 더 놀고 싶은 마음을 접고 집으로 들어간다. 밥상 앞에서 할머니는 "이거 시금치가 짜서 먹을 수가 없다." 반찬 투정을 하셨다. 아버지는 들판에서 일하고 오셔서 허기진 배를 막 채우려는 참이다. 할머니의 말씀에 아버지는 "밥 먹을 때 조용히 먹읍시다" 짜증 섞인 말을 뱉어낸다. 서로 언성이 커지면 아버지는 밥상을 엎으셨다. 조마조마하게 웅크리며 불안에 떨었다. 손에 있는 밥그릇을 들고 부엌으로 달려갔다. 눈물을 흘리며 밥을 목구멍에 꾸역꾸역 쑤셔 넣는다. 밥을 먹을 때 불안도 함께 쑤셔 넣는다.

20대를 맞이한 나는 다른 사람들과 식사할 때 이야기는 하지 않고 밥만 먹었다. 그런 나에게 '나는 식탐이 많구나' 정도로 가볍게 여겼다. 결혼하고 아이를 낳고 키우면서 딸이 세 살 때 "이거 싫어! 안 먹어!"라고 말하면 나는 숟가락을 던지며 소리 질렀다.

"먹기 싫으면 먹지 마!"

어찌나 소리가 컸던지 딸은 얼음처럼 굳었다. 엄마가 아닌 악마가 되어 버렸다. 딸의 모습이 할머니의 모습과 겹쳤다. 너무 어려서 할머니한테 말대답 한 번 못 했다. 억울하게 구겨져 있던 감정을 딸에게 방출시키고 있었다. 너무 쉽게 화를 내고, 조금 큰 소리에도 화들짝 잘 놀랐다. 내 안에 두려움이 자리 잡고 있었다. 두려움은 나를 지키기 위해 본능적으로 공격성을 드러냈다. 숟가락을 던지고, 소리를 지르며 감정에 휩싸였다. 딸에게 화낸 후, 죄책감과 미안함으로 안고 울었다. 밥을 먹을 때 화냈다가 시간이 흐르면 미안해하기를 반복했다. 죄책감과 두려움은 점점 쌓였다. 딸에게 화를 낸 순간은 화가 빠져나가는 기분에 속이 후련했다. 엄마가 이렇게 행동해도 되는가 싶다. 딸에게 상처 줬다는 미안한 마음이 엉켜 있다. 나의 부정적인 감정은 몸에 차곡차곡 저장되어 있다. 기억이 나를 부를 때 나의 심장은 두근거리고 호흡이 빨라진다.

또 밥상이 차려진다. 부정적인 생각, 몸짓, 감정이 함께 밥상에 올라온다. 심장이 두근거리고 밥은 목구멍에 걸려 있다. 한참 기침을 하고 물을 한 모금 마신 후, 진정되었다. 긴장된 모습은 마치 모빌 하나가 흔들리면 전체가 흔들리듯이 가족을 흔들고 있다. 심장이 두근거리기 시작할 때 심장을 두 손으로 가만히 누른다.

'제발 그만 나대라고.'

천천히 깊은 호흡을 한다. 호흡이 진정 되었을 때 먹다 남은 밥을 먹는다. 글을 쓰고 있는 지금도 미세하게 심장이 떨고 있다. 내 심장의 떨림이 내 것이 아니다. 작은할아버지 즉, 할아버지의 동생 것이다. 떨림은 할아버지의 심장 소리다. 나의 아버지의 심장 소리다. 작은할아버지께서 6·25 때 빨강 완장을 차셨다. 전쟁이 끝나고 경찰은 할아버지에게 작은할아버지를 어디에 숨겨 두었냐고 추궁했다. 할아버지께서는 도망자의 삶을 사셔야 했다. 전쟁이 끝나고 집에 돌아왔을 때는 땅이 남의 것이 되었다. 아버지 나이 아홉 살 때 일이다. 인민군이 총을 겨누며 외양간의 소와 곳간의 쌀을 빼앗아 갔다고 했다.

오래전부터 작은할아버지, 할아버지, 아버지의 심장에 박혀 있는 두려움과 공포는 밥상머리에서 주기적으로 반복되었고, 세대를 거쳐 내려오고 있다. 저녁 식사할 때 신체가 예민하게 작동한다. 불안과 긴장이 습관처럼 일상을 차지한다. 부정적인 정서에 익숙해져 원래 그래도 되는 줄 알았다. 어느 날 친구 집에 놀러 갔다. 친구 집은 웃음

소리, 다정함, 기쁨이 있었다. 부러웠다. 행복, 만족, 사랑과 같은 감정을 느끼는 일이 쉽지 않다. 어쩌다 웃을 일이 생기면 잠시 멈춘다. '그게 그렇게 웃긴 일인가?' 생각하다 내 표정은 골똘해지고 심각해진다. 어른이 되어 어쩌다 행복한 일이 생기면 '이렇게 행복해도 되나!' 싶다. 행복해서 눈물이 난다. 행복한 눈물에 잠시 머문다. 행복은 조건이 아닌 선택이다. 행복을 선택하기로 한다. 행복한 기쁨을 연습하기 시작한다. 음료수 빨대 200개를 구입했다. 플라스틱 빨대를 입에 꽉 물었다. 침을 흘리면서 안면 근육에 긴장을 만든다. 입가가 찢어지도록 의식적으로 웃는 연습을 한다. 찢어지고, 파괴되어야 다시 창조된다는 것을 믿기에.

뺨에 경련이 일어날 때까지 기쁨을 연습했다. 얼굴 근육을 긴장시켜 뇌세포에 기쁨의 공간을 창조한다. 몸은 감각, 기억, 생각, 이미지를 담고 있는 그릇이다. 몸에 담긴 화, 분노, 슬픔, 공허함 등 부정적인 감정에 쏠릴수록 긍정적인 정서를 즐길 가능성도 파괴되었다. 기쁨, 즐거움, 신남은 가느다란 빛처럼 나에게 비추었다. 나뭇가지에 매달려 있는 작은 물방울, 길가에 피어나는 들꽃, 배춧잎에 앉은 애벌레, 맨발로 걷기 등 자연이 주는 빛을 향한다. 작은 것에 귀 기울여 주변의 사랑을 바라보게 된다. 지금 모습 그대로 받아들일 때 사랑이 된다. 내 안에 어떤 것이라도 허락할 때 긍정적 존중이 된다. 내 사랑의 속성은 거룩한 밥이다. 나의 밥은 긍정적 존중임을 안다. 괜찮은 내가 되기 위해 긍정적인 에너지, 존중을 삶에 받아들이며 살고 있다.

1-4

아버지와의 이별을 통한
나의 성장

..

미래다혜

    나는 가난한 집의 둘째로 태어나 사랑받으며 자란 딸이다. 위로는 한 살 터울의 오빠와 두 살 아래 남동생이 있다. 어릴 때 동생과 고무 인형 놀이, 고무 대야에서 물놀이, 둥근 딱지놀이, 오빠와 올챙이 잡으러 가기, 명절에 시골에서 아빠와 가재 잡기 등을 하며 지냈고, 빨간 대야에 금붕어도 키웠다. 따뜻한 실내 수족관이 아닌 바깥에서 살던 금붕어는 겨울이면 몸에 하얀 버짐이 일었는데, 추위에 금붕어가 감기 걸리는 것이라고 수족관 사장님이 말씀하셨다. 같이 등교하려고 아침에 자주 들르던 친구 집 거실에는 따뜻한 온기에 자라는 열대어가 있었다. 실내에 어항을 구비하고 열대어를 키우는 친구네의 부유한 환경이 조금 부럽기는 했지만, 경제나 생활의 책임이 있지 않던 나에게는 나와 다르게 살아가는 친구가 있다는 것이 생활에 큰 영향을 주지는 않았다. 아빠는 밥 먹을 때면 늘 나에게 여러 가지 저런 반찬들을 먹어보라고 하시면서 사랑을 표현하셨고, 여름방학이면 친척들과 강가에 물놀이를 가서 얼굴 피부를 새까맣게 태웠고, 강가에서 아빠 등에서 헤엄을 치던 기억은 나에게 없는 것이 있어도 괜찮은 느낌을 주었다. 가난했지만 사랑을 경험하는 시간이었으니까!!

그런 내가 가난의 불편을 느낀 건 학업에서였다. 내가 어릴 때 가정이 경제적으로 여유가 있는 친구들은 유치원 다니고, 미술 학원 다니고, 여러 가지 배웠는데, 나는 그러지는 못했다. 고등학생 때, 저녁 11시에 야간자습을 마치고 몇 명의 친구들은 늦은 시간에, 학원에 가기 싫었는지도 모르겠지만, 봉고를 타고 학원으로 갔다. 마음으로는 그 친구들처럼 학원에 다니고 싶었지만 나는 보내달라고 조르지 않았다. 그 시절 보통의 아이들은 나와 비슷하였지만, 욕심이 있는 나는 그런 배움을 하지 못함이 아쉬움으로 남았던 것 같다. 그렇게 청소년기에 공부하는 부분에서 따로 학원이나 과외학습 등의 지원을 받지 못하였지만, 나름 이런저런 노력을 하였다. 중학생 때는 혼자서 일찍 등교하기도 하고, 시험 기간에 친구들과 함께 늦게 공부하고, 칠판 이쪽 꼭대기에서 저 아래 모서리까지 한가득 판서하시며 가르쳐주시는 선생님의 지도에 열심히 노트 필기하며 열심히 공부하는 학생이었다.

심리상담사도 마음 아플 때가 있습니다

엄마가 한 번 학원 등록을 해 주셨었는데, 워낙 학원 다니던 습관이 없어, 시작을 했다가 한 달 다니고 다니지 않았고 대신 지금의 인터넷 강의처럼 비디오테이프로 수강하는 학습을 하였다. 비디오테이프 속 강사님의 수업을 듣다가 졸고 했었다. 또 새벽 2시까지 독서실에서 공부하다가 졸다가 하며 집으로 올 때면 꼭 마중을 나오셔서 나와 함께 해 주셨다. 돌아보니 그런 사랑이 부모님의 사랑인가 싶다. 그렇게 고등학교 3년을 보내고 대학에 가고, 대학을 졸업하고 회사 생활을 하다가 나는 가정을 꾸리게 되었다.

부모님의 학업적인 최선의 지원에 감사하면서도 못내 채워지지 않은 학업에 대한 욕구가 내 마음에 있었다. 그러나, 결혼 후 지금의 가정에서 남편과 알콩달콩 살면서 어린 시절의 부족함은 잊고 살았다. 그런데 그렇게 정신없이 아이 낳고 기르며 지내던 중, 갑자기 시아버지 암 발병 소식을 접하게 되었다. 너무 놀랍고 무서웠다. 우리 가족이 가난했으나, 우리 3남매는 큰 병치레 없이 자랐고, 어려운 사정에서도 큰 병환 없이 지내 온 부모님이셨기에 더 놀랐다. 그래서 이 일들을 통해 나도 진정 어른이 되어가나 싶었고, 남편과 함께 시부모님 투병을 도우며 시간을 보냈다. 투병하시다가 시아버지께서는 하늘나라로 가셨고, 그 후 혼자되신 시어머니께서 마음을 추스를 사이도 없이 코로나가 창궐하여 어려운 때를 보내셨다. 이제 시어머니는 홀로 지내시면서 동네 친구들을 사귀는 삶에 조금이나마 익숙해지셨다.

그렇게 전 세계가 코로나에서 헤어 나오기 얼마 전, 나는 일하면서, 고등학생 딸을 챙겨주며, 남편은 몇 달씩 해외 출장을 가고 그렇게 정신없이 바쁘게 지내는데, 턱하고 아빠가 아프신 거다. 부모님께 전화를 드릴 때마다 엄마는 요즘 아빠가 아무것도 안 드시려고 한다는 이야기를 여러 번 하셔서, 어떤 상황인가 기차를 타고 집에 내려갔다. 오랜만에 만난 아빠 배가 불룩하여서 복수가 찬 것이 아닌지 걱정되었다. 친정에서 잠을 자는데 알 수 없는 슬픔이 내게 밀려왔다. 살아오면서 슬픔이란 이런 것인가 느낀 것이 처음이었던 것 같다.

대학 졸업반 때, 친구와 같이 취업 면접을 보았는데 그 친구는 합격하고 나는 불합격한 소식에 엉엉 울면서 집으로 왔던 적이 있었다. 하지만 그건 슬픔이 아니고 경쟁심 또는 나는 합격하지 못한 것에 대해 자존심 문제였다. 슬픔이란 것이 이런 것인가. 식사를 안 하려 하신다는 아빠를 만나러 간 친정에서 느낀 마음은 크고도 큰 슬픔이었다. 내가 친정에서 집에 올라온 사이에, 아빠가 혈뇨를 보셔서 오빠가 신장 쪽 진료하는 병원에 모시고 갔는데, 그 병원에서 검사한 이튿날 암인 것 같다고 바로 대학 병원으로 모시라는 연락이 왔다. 진짜 이런 일에 어떻게 해야 하나 당황스러웠다. 서울의 대학 병원에 예약하려 하는데, 부산 시내 병원에 병동이 있어서 부산권 이외는 이송이 안 된다고 하여 부산의 모 대학 병원에 입원하시게 되었다. 다시 필요한 검사를 하고 폐암 말기 진단을 받았다. 시아버지 암투병하시며 하늘나라 가신 게 몇 년 안 되었는데 어떻게 이런 일이 또 있을까 싶었다. 몇 년 사이 부모님의 상을 치르며 인생에서 이런 경험을 할 수 있구나, 그리고 갑자기 이렇게 아플 수 있구나 싶었다.

사실 아빠는 흡연을 많이 하시고 해서 폐가 안 좋을 위험이 있어서, 가끔 금연하시라 등등 아빠의 건강을 염려했지만, 내가 살기 바빠서 아빠 폐 CT를 찍어 보시라고는 못 했던 것 같다. 나름 부모님께 잘한다고 했지만, 살기 바빠서 뭔가 놓친 느낌이 들었다. 당뇨로 인해 매일 동네 공원으로 등산하시던 아빠였는데, 코로나를 겪으며 바깥 외출이 줄어드니 더더욱 건강관리는 안 하시게 되었던 것 같다.

대학 병원에서 폐암 말기라는 소식을 들었지만, 그래도 치료를 해보겠다고 치료 들어가기 전에 잠시 집에 다녀오시라고 하여 퇴원하고 집으로 오셨다. 집에 오신 뒤로 종일 설사가 있어서, 오빠와 동생이 설사약을 챙겨 드렸다. 설사 증상이 좀 괜찮을 때 돌쟁이 조카와 사진을 찍자고 기다리고 있었는데, 잠시 후에 들여다보니 호흡이 멈춰 있어서 응급차를 타고 다시 병원으로 가시게 되었다. 심폐소생술을 시행하여 며칠 더 응급실에 계시다가 연명치료 중지 절차를 통해 우리와 이별하시고 하늘나라로 가셨다. 어떻게 아빠 만나러 가고, 또 진단받고 며칠 되지도 않았는데 이런 일을 겪는가 싶었다.

평소에 입원이란 것도 거의 해본 적이 없던 나였기에, 이런 큰 경험을 내가 하게 될 줄 몰랐다. 슬프고 당황스럽고, 어찌할지 모르겠고 그랬다. 그러나 이제 나도 어른이 되어가는 것이란 것을 알게 되었고 세상에 내가 경험하지 못한 많고 큰 아픔들이 곳곳에 있다는 것을 다시 한번 생각하게 되었다. 부족함이 많았고, 엄마 아빠 갈등도 있는 가정이었지만, 나는 그동안 큰 아픔은 없이 자랐다는 생각이 들었다. 아니면 경제적인 어려움이나 부모님의 갈등 등을 두 분이 겪으시고 자녀인 나는 느끼지 않았을 수 있었던 것 같다. 결혼 후 나 살기 바빠서 엄마 아빠가 얼마나 어렵게 안 쓰고 모으며 살고 계셨는지 몰랐던 게 미안하고 죄송한 마음이 들었다. 조금 있는 돈을 아끼시려고, 아끼고 아끼다가 복날이거나 기념일이면 전화하셔서 삼계탕 한 그릇 보내달라고 하시던 아빠가 그립다. 아무래도 자식은 부모를 치사랑하기는 어렵다고, 내리사랑은 있어도 치사랑은 없다고 하신 아빠의 말이 떠오른다. 힘들고 어렵게, 가장이라는 삶의 무게를 버텨왔던 아빠에게 말하고 싶다. "고맙습니다. 감사합니다."

1-5

이별은 나의 별

··

양지유

제주에서는 대한에서 봄이 시작되는 입춘 전 3일까지의 일주일을 신구간(新舊間)이라 부른다. 이 시기는 제주 전체가 움직이는 독특한 이사문화가 있는 기간이다. 농사가 싫은 아버지는 소소한 전답을 정리하고 제주도청에 일터를 잡으셨다. 다섯 식구는 제주시 삼도1동 도서관 근처로 이사했다. 시내로 이사한 다음부터 우리는 매년 신구간이면 이사를 해야 했다. 도시살이 적응하고 나서 앞으로 적당한 새집을 마련할 계획이었다. 1956년 11월 차녀이자 막내로, 우리 가족 중 나는 유일한 도시 아이로 태어났다.

어머니는 40이 넘은 노산이라 젖이 나오지 않았다. 얻어 먹일 젖도 없어 미음을 먹고 자란 탓인지 나는 늘 약하고 잦은 병치레를 했다. 어려운 형편에도 보리밥 짓는 한구석에 흰쌀 한 주먹 넣어 조금이라도 더 먹을 수 있게 애써주셨다. 채소나 과일 외에 다른 음식은 싫어했다. 나보다 네 살 위인 작은오빠는 가족 모두가 집 밖에 나가 있을 때, 나와 같이 놀아주고 엄마처럼 자상하게 돌보아 주는 보호자 역할을 했다. 작은오빠는 가족 모두의 사랑을 받는 총명한 아들이었다. 그러나 작은오빠는 큰오빠가 만들어서 걸어놓은 기다란 연을 보면서 어서 일어나 연을 날릴 날을 학수고대하다, 끝내 병상에서 일어나지 못하고 세상을 떠났다. 내가 세 살 때, 고개를 최대한 치켜들어야 겨우 밖이 보이는 조그만 창문을 향해, '오빠야~ 오빠야~' 서럽게 부르며 한 달이 넘도록 울었다고 한다.

"아직도 생생하다. 그때 나도 그랬고, 형도 누나도 모두 기가 막히고 슬퍼서 아무것도 할 수 없었어. 네가 우는 소리를 들으면서도 아무도 달랠 정신이 없었지." 사촌오빠는 그날이 마치 지금인 듯 눈시울이 촉촉해졌다. 나는 사촌오빠의 이야기를 들으며, 잠시 마음이 편안해지는 경험을 했다. 마치 누군가가 내 안에서 이 이야기를 듣는 것 같았다. 방황의 근원을 찾기 위해 추적한 길에서 발견된 이 진실!

차분한 마음으로 그냥 받아들여졌다. 어떤 의문도 없이, 그랬었구나! 그런 일이 있었구나! 그래서 나는 외로움을 무서워했구나. 사라진 오빠의 존재가 어린 나에게는 모든 게 사라진 충격이었겠구나, 뜨겁게 흐르는 눈물을 주체할 수가 없었다. 어머니는 이 사건 이후 고통을 견디기 위해 술도 마시고 담배를 시작했다.

작은오빠의 죽음 이후 살림살이가 점점 더 어려워져서 새집에 대한 계획은 뒤로 미루어졌고, 신구간을 아홉 번이나 보내고 나서야 우리는 작은 꽃밭이 있는 아담한 집으로 이사를 했다. 드디어 아버지 소망인 정원도 들어서고 꽃나무들은 철 따라 모양을 바꾸며 다양한 색을 드러내기 시작했다.

언니는 용돈이 생기면 꼬깃꼬깃 모아 막내 이쁜 옷 사 입히고, 나를 자식처럼 챙겼다. 학교 행사나 나와 관계된 모든 일에는 언니가 엄마 대신 참석했다. 데이트도 내 손을 꼭 잡고 다녔고, 언니의 연애사를 모두 알 만큼 둘은 늘 붙어 다녔다. 오빠의 사망 후 난 언니 바라기로 살았다. 동네 처녀 중 총각들에게 최고 인기였던 언니 덕분에 나의 주머니에는 항상 달콤한 사탕이 가득했다. 그 후유증은 나의 치아를 병들게 했고, 지금도 약하고 부실한 치아로 인해 치과를 자주 방문하고 있다.

경제적 어려움의 극치를 달리던 시국이 있었다고 들었다. 부모님의 노력에도 불구하고 초근목피로 한 끼니 해결이 힘든 시절, 그때의 빈곤은 고구마로 식사를 때우기도 어려운 시절이었다고 한다. 생존이 우선이라 자식들 밥이라도 배부르게 먹이기 위해서 부모님께서는 독한 결심을 했다. 초등학생인 어린 언니를 학교도 중단하게 하고 두 해 가까이 남의 집 식모살이를 시켰다고 한다. 지금 생각하면 가슴이 아프고 기가 막힐 노릇이다. 언니는 억울함을 어떻게 견뎌냈을까? 먹먹하고 가슴이 시리다. 그럼에도 우리 언니는 씩씩하게 성장했다. 이쁘고 멋진 인기 많은 처녀로 동네 최고의 신부가 되었다. 새집으로 이사한 이듬해, 선남선녀 결혼식! 최무룡(영화배우)을 쏙 빼닮은 미남 총각네 집으로 연지곤지 찍고 우리 언니 시집가는 날! 나에게는 그날이 쓰리고 아픈 날이다.

예식을 마치고 신부는 신랑집으로 갈 준비를 할 때였다. 당연히 나는 언니가 가는 곳이면 늘 같이 갔었기에 같이 갈 채비를 준비하고 있는데, "언니만 가야 해!"라고 말한다. "나도 같이 가요. 왜 아저씨네 집에 언니가 가는 건데? 나고 같이 간다고요." 언니와 형부의 데이트 시절, 나는 형부를 아저씨라고 불렀다. 결국 징징거리며 함께 시댁으로 따라갔던 철부지!

정신이 들어 집으로 돌아와 밤새 울던 초등학교 4학년 아이가 '일그러진 아픈 나'였다. 사람들이 많은 장소에서 엄마 손을 꼭 잡은 어린아이를 냉정히 뿌리치고 달아나는 엄마! 나는 다시 버려짐의 경험을 했다.

지속되는 공허함과 쓸쓸함, 짙은 외로움은 습관처럼 깊게 자리 잡았다. 어른이 되어도 나는 사람들과 깊은 관계가 힘들었다. 친밀한 관계를 나누는 사람들을 보면 질투가 났고, 사람들 틈에서 소외되는 기분이 들면 심히 괴로웠다. 외롭지 않으려고 사람들에게 유독 친절해야 했고, 버려지기 싫어서 더 많이 애쓰고 노력했다. 멀어지는 느낌이 오면 먼저 단절을 선택하며 사람들과 연결되기가 힘들었다.

이 별에 잘못 배정되어 온 느낌!

아무것도 없는 이 지구에 사람은 달랑 나 홀로 있는 느낌!

서러움, 외로움, 쓸쓸함, 공허감, 더러 온몸이 춥고 얼음이 된 느낌!

너무 긴 날들을 그렇게 살았다. 변형을 위해 주어진 운명의 날들 속에서 나는 '상처받은 내면 아이 치유' 프로그램을 소개받고 리더의 안내를 따라가다 얼굴 없는 내면의 일그러진 그 아이를 만나게 되었다.

상처로 얼어붙은 아픈 내면의 아이들을 만나주면서 하나 둘 얼음이 녹기 시작했다. 내면에 꽁꽁 얼어붙은 채로 울고 있는 아이는 간절히 나의 돌봄을 기다리고 있었다. 지금도 가끔 쓸쓸하다. 가끔은 외로워 울기도 한다. 아이는 이제 얼굴도 드러내고 활짝 웃어주기도 한다. 다행이다. 이제 괜찮다. 이 아이가 회복되어 찬란한 창조를 펼쳐나갈 때까지 나는 기다릴 수 있다. 함께 걷고, 뛰고, 달릴 것이다. 누구로, 어떤 상황으로 행복할 수 있는 내가 아니기에 지금 이대로 그냥 좋다. 나의 고통은 내면의 상처들로 시작되었다. 인내와 사랑으로 그 감정들을 어떻게 만나야 하는지를 알기에 이제는 웃을 수 있다. 화를 내면 고개를 끄덕여 주고, 울고 웃을 때, 외롭다고 징징거릴 때, 꼭 안아 주며 그렇게 내 아이들과 하나가 되고자 한다.

1-6

아파도 아픈 줄 몰랐다

..

임성희

아침부터 전화벨이 시끄럽게 울린다. '엄마다!' 퍼뜩 나의 머리를 스친다. 참깨를 베러 오라는 것일까, 무엇을 사 오라는 것일까, 밥을 하러 오라는 것일까.

"엄마다. 오늘 참깨 베는데 밥할 사람이 없다. 밥하러 와라."

엄마는 내가 몸이 안 좋다고 말했는데도 와서 밥을 하라고 하셨다.

엄마에게 난 늘 이런 사람이다. 아파도 무슨 일이 있어도 엄마가 먼저였고, 엄마의 일이 먼저였다. 아픈 몸을 이끌고 친정집으로 갔다. 무엇을 해야 할지 고민하면서 거실로 들어갔다. 김치냉장고 앞에는 엄마가 쪄놓은 찐빵이 있었다. 찐빵만 먹기에는 퍽퍽할 것 같아 국이

심리상담사도 마음 아플 때가 있습니다

라도 끓여야겠다는 생각이 들었다.

　냉장고를 열었다. 동치미와 배추김치, 콩나물이 보였다. 콩나물로 국을 끓였다. 새참 시간에 맞추려 시계를 보았다. 10시 반이 넘었다. '아차, 늦었다.' 상 위에 수저를 놓고 동치미와 배추김치, 찐빵과 콩나물국을 놓았다.

　엄마와 일을 하시는 아저씨를 불렀다. 엄마는 아저씨와 함께 참깨 베던 것을 멈추고 거실로 들어왔다. 아저씨는 수건으로 먼지를 털고 상 앞에 앉았다. 엄마는 그런 아저씨 옆에 앉았다. 찐빵을 쪘다며 먹어보라 한다. 점심은 아저씨의 아내도 오라고 해서 먹자고 한다. 엄마는 아주머니에게 전화를 걸었고 할 말만 한 뒤 바로 끊었다. 아저씨는 새참을 드시고 일어나셨다. 엄마도 아저씨 뒤를 따라 나가신다. 상에는 아직 찐빵이 남아있다.

　한 개를 집어 입에 넣었다. 역시 맛있다. 팥고물이 가득 든 찐빵은 어렸을 적부터 엄마가 가끔 해주셨던 간식이다. 찐빵 한 개를 다 먹고는 일어섰다. 반찬을 정리하고 남은 찐빵도 다시 광주리에 담아놓고 설거지를 한다. 점심을 차리기에 좀 빠듯한 시간이라는 생각이 든다. 쌀을 씻어 밥통에 넣고, 무를 채 썰어 무쳤다. 콩나물은 삶아서 무쳤다. 냉장고에 있는 동태를 꺼내어 찌개를 끓였다.

　음식이 거의 만들어질 때쯤 시계를 보고 서둘러 밥상을 차렸다. 아주머니가 오셨고, 뒤이어 엄마와 아저씨도 거실로 들어오셨다. 식사가 끝난 후 엄마와 아저씨는 일하러 가셨다. 아주머니는 설거지를 돕지 못해 미안하다며 집으로 가셨다.

'어휴, 다시 시작이다.'

반찬을 정리하고 그릇들을 모으고 상을 닦고 설거지한다. 설거지를 마치고 오후 새참까지 여유가 생겼다. 소파에 누웠다. 약을 먹는 것을 잊었다. 약을 먹고 누워있다가 잠이 들었다. 눈을 뜨니 또 늦었다.

서둘러 물통과 컵을 들고나가 아저씨와 엄마에게 물을 주었다. 거실로 들어와 새참을 준비했다. 라면을 끓이고, 배추김치와 동치미를 꺼내고 파를 다듬었다. 아침에 쪘던 찐빵도 놓았다. 라면을 상에 올리고 엄마와 아저씨를 불렀다. 시계는 5시를 향해 가고 있었다. 엄마와 아저씨는 새참을 드시러 들어오셨고, 엄마는 아저씨께 새참을 먹고 올라가라 하셨다. 남은 것은 엄마 혼자 하겠다고 하신다. 아저씨는 엄마와 함께 마무리를 다 해주고 집으로 가셨다.

엄마는 "얼른 치우고 가라, 애들 온다. 남은 찐빵도 좀 싸 가고. 동태찌개 맛있더라. 남았으면 싸가라."

반찬 정리와 설거지를 하고는 엄마에게 인사하고 아이들 줄 찐빵을 챙겨서 집으로 갔다.

아이들이 초등학교와 유치원에서 올 시간이다. 아이들에게 가져온 찐빵을 주고, 저녁상을 차려주고, 설거지 후에 침대에 누웠다. 이제야 내가 열이 난다는 것도, 허리가 아프다는 것도 알았다. 남편은 내게 약은 먹었는지 물었고, '못 한다 하지 그랬어.'라며 말을 걸었다. 남편에게 쓸데없는 소리 말라며 짜증을 부리고 돌아누웠다. 눈물이 났다.

다섯 살 때쯤 아버지가 중풍으로 쓰러지셨다. 그때부터 엄마는 아버지가 했던 농사일과 집안일을 함께 하셨다. 엄마가 힘들어 보였고, 엄마를 돕고 싶었다. 그러면서도 아버지가 아프니까 너희가 도와야 한다는 엄마의 말씀이 마치 아버지가 아픈 것이 우리의 책임인 것같이 들렸다.

난 늘 '네'라는 말로 대답했다. 초등학교 1학년 때는 가마솥 밥을 지었고, 중학교 때는 효녀 상(賞)도 받았다. 엄마가 다 하지 못한 밭일, 가축을 돌보는 일, 집안일도 나와 여동생의 몫이었다. 아픈 아버지를 위해 그리고 엄마를 위해 참는 것이 당연하다고 생각했다. 힘들어도 내색하지 않았다. 결혼해서도 나보다는 엄마가 먼저였다. 마음으로는 아니라고 하는데 몸은 엄마에게 가고 있었다.

난 아들을 낳기 위해 얻은 둘째 부인에게서 태어났다. 나는 사랑받기 위해 인정받기 위해 부단히 노력했다. 나의 친엄마는 나와 내 여동생을 낳고 쫓겨났다. 쫓겨나는 뒷모습을 보면서 그녀가 누구인지도 몰랐다. 슬펐다. 난 쫓겨나지 않기 위해 결국 착한 아이가 되었다. 서러웠다. 억울했다. 친엄마처럼 쫓겨나지 않기 위해 참았다.

지금의 엄마는 아버지의 첫째 부인이다. 엄마가 낳은 언니에게는 늘 좋은 것, 예쁜 것, 먹기 좋은 것들만 챙겨준다. 나에게는 상품 가치 떨어지는 채소나 과일들을 가져가라 한다. 엄마랑 가까이 살고 있다고는 하지만 난 늘 차별받고 있다는 생각이 든다. 그런데도 난 '네'라고 대답한다. 괜찮은 줄 알았다. 몸이 아픈지도 몰랐다.

인내가 미덕이라 여겼다. 아니었다. 인내란 내가 감당할 수 있을 때만 미덕이 될 뿐이다. 마음속 깊은 곳에서 올라오는 울분은 미덕이 아니라는 것을 깨달았다. 이젠 달라져야 한다. 엄마 일을 돕는 건 딸로서 충분히 할 수 있다. 그러나 나의 일정상 상황이 되지 않을 때 또는 오늘처럼 아플 땐 엄마의 부탁도 거절할 수 있는 내가 되기로 했다.

"못 해요. 안 해요. 싫어요."

당당히 말할 수 있는 나로 다시 태어나기로 했다. 나의 거절로 인해 엄마가 당황하시거나 놀라시더라도 말이다.

나는 괜찮은 줄 알았다

··

전숙희

참 '어른'을 만나다

2023년 12월이 한창 익어가고 있다. 길가의 은행나무는 지난 가을을 찬란하게 수놓았던 황금빛 옷을 벗어 던진 지 한참 전이다. 산책길에 도열하듯 서 있는 은행나무를 본다. '얼마나 추울까?'라는 생각 대신 '내년에 입을 새 옷을 준비하고 있겠구나.'라고 생각하니 마음이 한결 가볍다. 나무들은 그렇게 아낌없이 그늘을 내어 주고 한 해 한 해 나이테를 만들며 '어른' 나무가 되어가고 있다.

영화를 보았다. 서울시교육청에서 학부모님들을 대상으로 마련한 자리이다. 나는 상담사 자격으로 초대받았다. 다큐멘터리 영화로 제

목은 〈어른 김장하〉이다. 선생은, 경남 사천의 가난한 집안에서 태어났다. 중학교를 졸업하기도 힘들 만큼 가정형편은 좋지 않았다. 선생은 간신히 중학교를 졸업한 후, 삼천포의 한 한약방에 점원으로 들어갔다. 낮에는 한약재를 썰고 밤에는 공부해서 열아홉 살이라는 어린 나이에 한약사 자격을 취득했다. 그 후 지난해 문을 닫기까지 50여 년 동안 '남성당'이라는 한약방을 운영했다. 선생이 조제해서 달인 한약을 먹고 효험을 본 사람들이 하루하루 늘어갔고, 선생에 대한 소문은 빠르게 전국으로 퍼져나갔다. 800첩 이상의 한약을 달이느라 새벽 3시까지 잠을 설치는 날도 많았다. 선생에게는, 친구들이 고등학교 교복을 입고 학교에 갈 때 자신은 한약재를 썰어야 했던 기억이 무엇보다 시리게 남아 있었다. 박리다매(薄利多賣)를 실천하며, 수익금은 사회적으로 취약한 사람들과 소외된 이웃을 돕는 데 썼다. 경제적 어려움을 겪는 학생들을 위해 장학재단을 만들어 후학을 양성하는 데 공을 들였으며, 그 일환으로 현재 진주 명신고등학교의 전신 명신 학교를 설립했다.

몸에 배어 있는 겸손, 자신의 선행이 밖으로 알려지기라도 하면 겸연쩍어하며 어쩔 줄 몰라 하는 것이 선생의 꾸밈 없는 모습이다. 기자들의 인터뷰도 한사코 마다하고, 어디서든 낮은 곳으로 임하는 태도 등은 진정한 어른의 모습이 무엇인지를 보여 준다. 앞다투어 자신의 공을 드러내놓기에 급급한 이 시대의 어떤 이들과는 사뭇 다른 모습이다. 영화는, '어른은 없고 꼰대만 가득한 이 시대에 당신은 어떤

심리상담사도 마음 아플 때가 있습니다

사람인가?'라는 쉽지 않은 명제를 던져 주고 있었다. 고백하자면 그동안 나는 '어른'에 대해 깊이 생각해 본 적이 없다. 단지 누구나 세월이 흘러서 때가 되면 나이를 먹고, 그 뒤에 자연스럽게 따라붙는 호칭이라고만 생각했다.

나는 괜찮은 줄 알았다

1950년대 말, 우리나라 국민의 살림살이가 전반적으로 넉넉하지 못했다. 더구나 내가 태어난 곳은, 천안에서 20여 리 떨어진 농촌으로 경제적으로 더 열악했다. 초등학교 6학년 때 비로소 전기가 들어올 정도로 문명의 혜택에서 벗어나 있었다. 빈곤한 가정에서 5남매의 막내로 태어났다. 가끔 도시락을 싸서 다니지 못할 정도로 가정형편이 좋지 못했다. 친구들이 도시락을 먹을 때면 배가 아파서 안 먹는 거라고 변명했다.

신혼 때부터 시부모님과 함께 살았다. 분가해서 살 만큼 경제적 여유가 없었기 때문이다. 그러나 불편함은 없었다. 어린 시절의 빈곤이 약이 되었나 보다. 신기하게도 그 흔하다는 고부 갈등도 없었다. 심지어 시부모님과 외출하면 따님이냐는 소리를 들을 정도로 사이가 남달랐던 기억이 난다. 내심 시집살이 스트레스가 없었다고, 잘 살았다고 흐뭇해하며 살고 있었다.

어느새 큰아들이 서른을 훌쩍 넘겼다. 요즘 시대에 누가 결혼 적령기를 따지느냐고 하겠지만, 어미로서는 조급증이 났다.

"결혼해야 하지 않을까?"

무심한 듯 물었다. 아들은 대답이 없다. 나는 아들만 둘을 두어서 그런지 며느리를 딸처럼 예뻐할 것 같다. 물론 어떻게 하는 게 딸처럼 예뻐하는지는 모른다. 그러나 적어도 우리 어머니만큼은 할 수 있을 것 같았다.

"엄마, 시집살이해 본 사람이 시집살이시킨다던데요?"

"그래, 그러니까 엄마는 할머니처럼 며느리 시집살이 안 시킬 거야."

무려 자신까지 있었다.

"엄마가 시집살이를 안 하셨다고요? 할머니가 엄마를 얼마나 갈구셨는데요!"

얼굴이 화끈 달아올랐다. 시부모님과 잘 지냈다고 생각했던 나와는 달리, 아들 기억 속에는 엄마의 모습이 안쓰럽게 저장되었나 보다. 그렇게 아들은 자신의 결혼 이야기를 이어가지 못하게 깔끔하게 정리했다.

결혼이라는 형식을 거쳐 생판 모르던 사람끼리 살면서 어찌 마음에 드는 일만 있을 수 있을까. 어머님은 며느리를 곱게 보려고 노력하신 걸 안다. 당시 우리나라 최고의 경기고녀(경기여고)를 졸업하고 한국은행에 근무했던 재원이셨다. 누구보다 자존심이 강하고 도도하셨다. 그런 어머니를 자극하지 않으려고 무던히 애썼다. 사람들은 자기 생각대로 되지 않을 때 화를 낸다. 어머님 또한 당신 뜻대로 되지 않을

땐 버럭 화를 내시곤 했다. 억울한 경우도 많았다. 그러나 무조건 죄
송하다고 했다. 그 순간만 지나면 어머니는 곧 평정심을 찾으신다는
걸 익히 알고 있었기 때문이다.

"미안하다. 나잇값도 못 하고 또 화를 냈구나."

어느 팝송의 노랫말처럼 '가장 하기 어려운 말이 미안하다는 말'이
라는데 어머님은 사과도 잘하셨다. 어머니의 '어른 됨'은 사과를 마다
하지 않는 커다란 마음이라는 걸 이제야 알았다. 그럼에도 그동안 잊
고 있었던 야속했던 순간, 억울했던 감정들이 마구 올라온다. 나는
괜찮은 줄 알았다.

"그때 왜 그러셨어요!"

허공에 대고 툭 던져 본다. 불쑥 그리움이 밀려온다.

'어른' 김장하는 말한다.

"산에 올라갈 때나 인생길을 갈 때 서두르지 말아요. 사부작사부
작 걸어가면 돼. 그 뒤에 이제 꼼지락꼼지락. 그게 내가 살아온 방식
입니다."

참 '어른'으로 향해 가는 보폭을 말해 주는 듯하다.

1-8

청개구리 도전기

..

정승민

순간 눈앞이 번뜩…. '이게 무슨 일인가?'

나갔던 정신이 미처 돌아오기도 전에 다시 한번 솥뚜껑 같은 손바닥은 나의 볼을 냅다 후려쳤다. 휘청거렸다. 나의 학창 시절 자존감은 그날 이후 산산조각이 나버렸다. 그때 나는 고작 9살 어린아이였다.

굴러가는 낙엽만 봐도 깔깔 웃음이 난다는 여중, 여고 시절이었다. 나는 그 시절이 지나고 스무 살이 되면 죽고 싶었다. 어느 날 부모님의 공부 압박에 힘들어하며 신세 한탄을 늘어놓던 친구가 내게 뜬금없이 물었다.

"넌 괜찮니?, 왜 맨날 너는 듣기만 하고 네 이야기는 안 해?"

"어? 어, 난 괜찮아."

사실은 괜찮지 않았다. 아팠다. 하지만 난 내가 괜찮지 않다는 것을 표현하는 것이 익숙하지 않았고 그 사실을 스스로 인정하고 싶지 않았다. 목구멍까지 설움이 한가득 올라 찬 그때 그 시절 나는 죽을 그날을 위해 하루하루를 버텨내고 있었다. 오늘 하루를 버티면 나의 스무 살 그날은 하루 더 가까워진다. 그때 나는 어른이 되는 것이 두려웠다.

초등학교 시절 티 없이 해맑았던 날들이었다. 어느 날, 담임 선생님께서 부모님을 학교로 모셔 오라고 했다.

'나는 잘못한 것도 없는데 왜 부모님을 모셔 오라는 거지?'

겁이 나서 며칠 동안을 부모님께 말씀도 드리지 못하고 속앓이를 했다. 담임 선생님께서는 다시 한번 내게 부모님을 모셔 오라고 하셨다. 결국, 잔뜩 겁을 먹은 채로 엄마에게 말씀드렸다. 엄마는 바로 다음 날 학교에 방문하셨다. 엄마의 손에는 파란 박카스 한 상자가 들려 있었다. 선생님과 엄마는 웃으며 이런저런 이야기를 주고받으셨다. 그제야 내가 잘못해서 부모님을 오라고 하신 게 아니구나 하고 비로소 안심되었다. 상담을 마친 엄마를 보고 쪼르르 따라가 무슨 얘기를 했는지 물었다. 그냥 나의 학교생활에 관해 이야기 나누었고, 학기 중에 하는 면담이라고 말씀해 주셨다.

'아, 다행이다. 괜히 속만 끓였네.'

그렇게 오후 수업이 끝나고 종례 시간이 되었다. 갑자기 선생님께서는 나를 교실 앞으로 불러 한쪽 볼을 꼬집듯 잡더니 반대쪽 볼을 사정없이 내리쳤다.

눈앞이 번쩍, 번개가 친 것 같았다. 중심을 잡지 못한 작은 몸뚱이는 휘청거렸다. 당시엔 아픈 것보다도, 맞은 이유보다도 50명이 넘는 같은 반 친구들 앞에서 이유도 모른 채 귀싸대기를 얻어맞았다는 것이 너무 창피하고 분했다. 맞은 이유를 아무리 생각해 봐도 알 수가 없었다. 요즘 같으면 상상도 못 할 일이었다. 후에 선생님 책상 청소를 하며 우연히 알게 된 것(촌지 리스트가 적힌 수첩을 보게 되었다)이지만, 그때 박카스 상자가 아닌 하얀 봉투가 선생님께 전달되었더라면 그날의 아픈 기억 따위 없지 않았을까 막연하게 생각해 본다. 그날의 그 일은 그 후로 중학교 3학년 담임 선생님을 만나 존경할 만한 선생님이 계신다는 걸 알게 되었던 그때까지도 내내 나의 자존감에 영향을 주었다.

우리 집은 가난했다. 나도 알고 있었다. 오래전이지만 당시 꽤 넓은 평수 대를 자랑하던 고급 아파트 단지 내에 있는 학교, 친구들의 집에 놀러 가면 학교 운동장만 하던 거실이 어린 마음에 너무나도 부럽기만 했다. 걸스카우트, 보이스카우트, 아람단 활동을 하는 친구들, 발레나 체조하는 친구들, 바이올린을 메고, 플루트를 들고 등교하던 친구, 가야금을 뜯으며 판소리 하던 친구. 지금이야 많이 대중화되었지만, 당시에는 쉽게 접하기 힘들었던 고급 취미활동이었다. 고급 학원에 다니고 개인 레슨을 받는 친구들이었다. 그런 친구들 틈에서 나름 씩씩하게 잘 지내고 있다고 자부했다. 하지만 그건 착각이었다. 학년이 올라갈수록 자연스레 친구들과 내가 살아가는 방식에서 차이가 난다는 것을 알 수 있었다. 그들은 부자였고, 나는 가난했다.

까불까불 거침없고 장난기 가득했던 그 시절 나는 점차 주눅 들기 시작했다. 부모님께 전학을 보내달라고 조르기 시작했다. 하지만 당연히 그렇게 될 리 없다는 것을 너무나도 잘 알고 있었다. 나는 숨기 시작했다. 그러기 위해서는 튀지 않고 있는지도 없는지도 모르는 존재가 되어야 한다고 생각했다. 그렇게 나는 늘 그림자처럼 뒤에 머물러 있었다. 앞에 나서기보다는 누군가를 돕는 것이, 첫 번째보다 두 번째가, 1등보다는 2등이 부담 없었다. 한 걸음 뒤에서 제 할 일을 하며 다른 누군가를 빛나게 해주는 것이 마음 편하고 좋았다. 고등학교 1학년 얼떨결에 반장이 된 것 말고는 뭐든 기회가 있을 때는 나는 한 걸음 뒤로 물러나 있었다. 나는 나를 드러내는 것이 두려웠다. 아무것도 모르던 어린 시절 책상 위에 올라가 가수 태진아의 '옥경이'를 간드러지게 부르고, 사람들 앞에서 박남정의 'ㄱㄴ' 춤을 열심히 흉내 내던 나에게 부끄럽고 그렇지 않고의 문제는 아니었다. 하지만 알고 있었다. 그들과 다름이 드러나는 순간 상대는 나를 다른 눈으로 바라본다는 것을, 그 시절 나는 들키고 싶지 않았다. 그게 그 시절의 나였다.

내가 전교 2등의 성적을 받았을 땐 전교 1등을 한 친구를 진심으로 축하했고, 친한 친구와 전교 회장 추천을 받았을 땐 기꺼이 선거 출마를 포기했다. 전교 회장이 된 친구를 진심으로 축하했고 나는 학생회 임원으로 선출되어 전교 회장이 된 친구를 도왔다. 그럼에도 나는 괜찮았다. 진심이었다.

하지만 이제는 안다. 만년 2인자를 고수했던 나는 No.1이 되고 싶었던 갈망이 없었던 것이 아니라 용기가 없었다는 것을…….

나는 사랑받고 싶었고, 인정받고 싶었다. 있는 그대로의 나를 나로서…….

그런데 그럴 자신이 없었다. 인정받고, 사랑받고 싶었지만, 그때는 방법을 몰랐다. 어린 마음에 내 의도와는 상관없는 상처와 미움을 받아들일 용기가 그때 내게는 없었다. 그저 한걸음 뒤에 숨는 것이 전부였다.

스무 살이 되었다. 죽기 위해 살아온 10대 때와는 다르게 스무 살 그땐 죽을 용기가 없었다. 지금에 와서 생각해 보면 너무나도 다행이다. 하지만 나의 20대 역시도 순탄하지 않았다. 저 깊숙한 곳에 꿈틀대는 내면의 욕구와 자꾸만 부딪치는 현실은 나를 자꾸만 주저하게 했다. 아무도 나를 알아주지 않는 것 같아 세상이 원망스러웠다. 열심히 할수록 잘할수록 스스로는 점점 작아졌다. 그래도 뭐든 열심히 하고 싶었고 잘하고 싶었다. 그리고 내가 하고 싶은 것들을 꼭 해내고 싶었다. 욕심이 생겼다. 그제야 살아갈 용기가 났다. 그렇게 나는 살아갈 결심을 했다. 늦었지만 멀지 않은 목표를 내다보며 한 걸음 한 걸음 다가갔다. 조급했지만 조급해하지 않기로 했다. 나의 속도대로 나의 소신대로 목표를 향해 다가갔다. 그즈음부터 우선순위에서 저만큼 뒤로 제쳐두었던 나 자신을 살피기 시작했다. 그제야 콱 막혀 있던 숨이 제대로 쉬어졌다. 살 것 같았다. 나는 그저 '나'일뿐인데 그동안 애써 외면하며 살아왔다. 그래도 괜찮다고 생각했다. 나보다 다른 사람들이 괜찮으면 나도 괜찮은 줄 알았다. 그런데 그건 너무나도 큰 착각이었다. 나는 정말이지 괜찮지 않았다.

나는 은근한 관종, 오지라퍼다. 나는 드러내기를 좋아하지 않았다. 하지만 관심받고 싶지 않지만 관심받는 일에 마음이 끌린다. 하라고 하면 하기 싫고, 하지 말라고 하면 더 하고 싶다. 나 자신도 청개구리인가 싶다. 어려운 길이니 피해 가라면 굳이 그 길에 도전해 보고 싶다. 그래서 이참에 본격적으로 시작해 볼까 한다. 아직은 낯부끄럽지만 나도 오늘부터는 작가라고 선언해 본다. 이전의 나에겐 부담이었겠지만 작가로서의 이런 모습들은 장점이 되지 않을까 생각해 본다. 전처럼 뒤로 물러서 숨지 않고 시작해 본다. 그리고 앞으로 나아간다. 차근차근 가다 보면 상담사로서 '나'를 만나게 된 것처럼 글을 쓰는 작가로서의 '나'도 만날 수 있겠지.

나는 오늘도 도전해 본다.

제대로 바닥을 쳤으니,
이젠 잘 될 일밖에 없단다!

··

정재익

버스 349번에서 방금 내린 나는 머리 위로 떨어지는 무언가 차가운 것을 느꼈다. 뭐지? 하며 하늘을 보았다. 안경 위에 떨어지는 것은 다름이 아니라 그토록 기다리던 첫눈이었다. 첫눈이 오면 하고 싶은 게 많았는데…. 몸을 웅크리면서 다시 왼손을 주머니에 넣었다. 너무 추워서 T맵 지도를 보며 상담 센터를 찾고 있었다. '어디지? 이 근처 어딘데. 내가 왜 여길 가지? 아이 모르겠다. 일단 가보자. 죽이든 밥이든 되겠지.'

지금 돌이켜 생각해 보면, 살면서 상담 센터에서 상담받는다는 생각은 단 한 번도 해본 적 없었다. 상담받는 것 자체가 2024년 지금과 같이 이렇게 보편화되지 않았었다.

마음이 너무 아픈 사람들 즉, 아주 소수의 집단만 받는다고 생각했기 때문이다. 그래서 낯선 누구에게 상담받는다고 생각하니까 사실 나도 겁도 나고 나를 어떻게 생각할지 많이 망설여졌다.

그때는 나 또한 상담에 대해 무지해서 정신이 좀 이상한 사람들이 상담받나 보다 생각을 많이 했으니까 말이다.

상담을 권유하던 여동생에게 그 당시 이렇게 말했다.

"내가 정신이 이상하다는 거야?"

"내 말 좀 들어봐! 오빠가 정신이 이상하다는 게 아니라, 오빠가 요즘 너무 힘들어하니까 도움을 좀 요청해 보라고! 방향을 잘 모를 땐 누군가의 도움을 받을 수도 있지! 안 그래? 거기 가서 제발 알아보라고!"

"야, 내가 왜 내가 그런 곳에 비싼 돈 주고 상담받으러 가야 하니? 나 멀쩡하거든."

"하. 오빠야! 제발 좀 쓸데없는 고집 지금은 부리지 말고."

"전부 나만 이상하게 몰아가네. 소원이니 들어주마!"

살면서 나에게 그때는 갑작스럽게 당한 정말 큰 아픔(그 당시는 참으로 아픈 일이었다. 지금은 다르게 해석할 수 있다는 사실이 중요하다.)이었다. 이런 표현이 맞는지 모르겠지만, 하루하루가 행복해서 이것이 깨지면 어쩌나 하는 마음으로 살얼음판 위를 조심조심 걷는 것 같았다. 또 다른 느낌으로는 마치 온실 속에서 자란 꽃처럼 환하게 웃으며 세상은 내가 원하는 대로만 흘러갈 것 같던 어느 날, 폭풍이 불어오고 나를 감싸 주던 온실은 갈기갈기 찢어지는 경험을 하게 된 것이다. 다시 생각하기도 싫은 IMF와 갑작스러운 부친의 타계로 인해 그동안 쌓아 온 우리 가정의 행복이 여지없이 무너져 버렸다.

무척이나 아팠던 그때, 나를 눈여겨보던 여동생이 어렵게 또 어렵게 알아내었다며, 상담 센터 전화를 알려 주며 꼭 가보고 그 후에 오빠 뜻대로 결정하라던 그 센터! 만일 그때 그곳에서 그분을 만나지 못했더라면, 지금의 나도 이 세상에 없었을지 모른다. 후에 소중한 스승들을 만나 공부를 이어 나가긴 했지만, 노년의 상담 교수님과의 만남이 나에게 큰 터닝 포인트가 된 셈이다. 그분의 상담은 지금 되돌아보면, 문제에 바로 직면시키는 직면 상담이었다. 그 당시 나로서는 너무나도 견딜 수 없었고, 받아들이기가 무척 힘겨웠다.

과거의 나와 같은 고민을 한 내담자가, 상담자가 된 나에게 와서 상담 중에 그렇게 강렬하게 저항했다면, 나도 그때 그 상담사분처럼 상담했을 것이다. 지금도 깊이 느끼고 새기고 있다. 나는 크게 몸부림치며 끝까지 저항하였다. 그렇다! 저항이 심했던 나에게 만일 그저 부드럽게만 대해 주셨다면, 나는 나의 잘못을 알아챌 수도 없었을 테고, 수많은 시간을 보냈어도 그 어떤 것도 얻지 못했으리라. 처절하리만큼 아팠던 직면 상담을 아직 잊지 못한다.

내가 상담받으면서 그 과정들을 통해 얻은 것은, 누구나 원치 않게 물에 빠질 수는 있으며, 잘하던 수영도 전혀 통하지 않을 때가 올 수도 있다는 사실이다. 모든 것을 체념하고 물속으로 빠져들 때 호흡만은 놓으면 안 된다는 사실. 다른 말로 모든 것을 놓고 싶을 때, 바로 그때 숨쉬기만큼은 하고 있어야 우리는 물속 저 아래 바닥을 비로소 만날 수 있다. 바닥을 발로 박차본 자만이 수면을 향해 계속 올라만 갈 가능성이 있으며, 그것을 통해 이제부터는 정말 잘 될 일밖에 없다는 단단한 희망을 경험하기 때문이다. 호흡 못 하고 그 바닥에 이르기 전 죽었다면, 그 기회는 절대 있을 수 없기 때문이다. 바닥으로 가라앉는 게 끝이 아니라 그것이 기회라는 사실을 깨닫지 못한다면, 그것이 곧 죽음이었다는 사실이다.

과거의 내 삶에 아픈 경험이 있다는 것은, 지금 내 주위에 아픈 사람이 누구인지 구분해서 볼 수 있다는 말로 바꾸어 말할 수 있다. 아픔에 좌절하는 이들에게 다른 각도로 다양한 대안을 제시할 수 있는 희망과 창조의 목소리일 수 있다. 아파 본 것은 선물이다. 그것이 선물인지 알아볼 수 있는 눈을 가지느냐 못 가지느냐에 따라 자신의 인생을 해석할 수 있는 핵심이 달라진다는 것이다. 다시 생각해 봐도 그때 그 깊은 물 속에서 숨도 못 쉬고 가라앉았다면, 어쩌면 존재하지 못했을 것이다. 지금의 나는 많은 분과 대안을 발견하는 삶을 살고 있기에 한마디로 너무 행복하다.

그날 이후 나는 상담사라면 누구나 그러하듯이 나를 분석하고, 나를 제대로 세우는 공부를 다양한 주제로 매일 업데이트해 왔다.

아픈 이들에게 분명 기회가 있다는 사실, 세상을 어떻게 바라보느냐에 따라 세상은 우리를 향해 웃으며 다가올 수도 있고, 아니면 나를 등지고 떠날 수도 있다는 사실을 나는 매일 배우고 있다. 이제는 나에게 다가오는 다양한 색상의 선물들을 이제는 제대로 구별하고 선택할 수 있게 되었다. 지금 누군가 이 글을 읽는 이 순간에도 세상에는 어떻게 해야 그 고통에서 벗어날지 몰라 아파하는 이들이 존재하고 있다. 내가 아팠을 때 그 고통을 어떻게 처리해야 할지 몰라 방황하던 때를 기억한다. 세상에 홀로인 것 같은 느낌. 그러나 이때 도움을 받아 찾아갈 수 있었던 상담 센터를 떠올린다. 그래서 상담을 받아 보라 꼭 권하고 싶다. 혼자서 해결할 수 없을 때는 깨끗이 인정하고 도움의 손길을 잡으러 가야 한다는 사실이다. 소리내어 울었던 그 고통의 동굴을 지나 지금 세상을 향해 글을 쓰고 있다는 오늘이 사실 믿기지 않는다.

오래전 일이지만, 그 당시 진심으로 모든 분에게 절망을 넘어 새로운 기운으로 사는 길을 쉽고 정확하게 알려드리고 싶었다. 그래서 많은 이들에게 알릴 방법을 찾고 있었다. 갑자기 유튜브에 사람들에게 상담 센터를 찾아가라 말하고 싶었다. 그래서 촬영해서 아무런 자막 없이 바로 올렸던 기억이 난다. 그때의 모습을 보기 위해 지금 유튜브를 켜고 내가 연이어 올렸던 두 편의 콘텐츠를 재생해 보았다.

나의 그토록 절박했던 순간을 여러 사람과 함께 나누고 싶었다. 과거의 내가 아직 그 영상 안에서 변함없이 또박또박 말하고 있었다.

심리상담사도 마음 아플 때가 있습니다

과거의 내가 지금의 나에게 말을 거는 것 같았다.

　영상을 보며 독백한다.

　'지금은 어때? 잘 지내지?' 나는 힘겨웠던 과거의 나에게 이야기했다. 한참 시간이 흘렀고 말없이 바라보다 조용히 흐르는 뜨거운 눈물을 닦았다.

1-10

묘한 연결고리

..

최지원

나이 40이 넘어서도 어색하고 불편한 사람이 있다. 아빠다.

'과묵하고 말이 없으신 아버지와 친절하고 정이 많고 다정한 어머니 밑에서 3남매 중 둘째로 자랐습니다.' 자기소개서 앞머리에 썼던 문구다. 내 기억 속에 아빠는 과묵하고 냉정하고 무표정한 그런 사람이었다. 그런 아빠가 무섭기도 했다. 사춘기 들어서면서 무서움이 미움으로 바뀌었다. 그때부터 '아빠 같은 사람하고는 결혼하지 않을 거야.'라고 속으로 여러 번 말했다. 아빠와 대화는 정말 어렵고 긴장되는 일이었지만 나름 노력했다. 눈치를 살피고 조금의 용기를 내서 조심스럽게 말을 붙이곤 했다. 어렵게 꺼낸 말에 돌아오는 건 냉정하고 투박한 말투의 짧은 대답뿐. 가장 어렵게 했던 건 도무지 알 수 없는 무표정이었다. 그 무표정은 내가 아빠를 눈치 보게 하는 이유였다. 세상 아빠들은 모두 그런 줄 알았다.

초등학교 5학년 때의 기억이다. 학교를 마치고 친구 집에 놀러 갔다. 문 앞에 들어섰을 때다.

"우리 공주님 왔어요!"라며 반겨주시는 친구 아빠의 살갑고 애정 넘치는 인사가 나에게는 꽤 충격으로 다가왔다. 세상에 이런 아빠도 있구나. 나에겐 신기한 광경이었지만 자연스럽게 아빠에게 안기는 친구가 부러웠다. 친구의 아빠와 우리 아빠가 비교되었다. 아빠가 나에게 '나는 네가 싫어.'라고 대 놓고 말한 적은 없다. 하지만 내 마음속 어딘가에는 '아빠는 나를 싫어한다. 나를 사랑하시지 않는다.'라는 믿음이 자라기 시작했다. 아빠와 나 사이는 커다란 벽이 생겼다. 그 벽을 무시하고 아무런 기대 없이 살면 편할 줄 알았다. 그렇게 점점 아빠와의 사이가 멀어져 갔다. 그나마 내가 먼저 시도하던 대화도 사춘기부터는 사라졌다. 같은 집에 살고 함께 밥을 먹지만 남 같은 느낌이었다. 아빠와의 거리감은 좁아질 겨를이 없이 성인이 되었다.

내가 스물다섯 살이 되던 해 아빠의 사업 실패와 엄마의 죽음을 겪으면서 아빠가 불쌍하게 느껴졌고, 혼자되신 아빠를 잘 챙겨야겠다는 측은한 마음이 생겼다. 하지만 그런 마음은 그리 길게 가지 못했다. 아빠는 혼자서 우리를 감당하기 힘들고 부담스럽다고 했다. 무책임하고 나약해 보이는 아빠가 다시 싫어졌다. 성인이었던 우리는 아빠의 손길이 필요 없었다. 아빠는 도대체 왜 그런 말로 우리를 가슴 아프게 했는지 이해가 되지 않았다. 우리는 지금까지 아빠의 온정 없이 잘 살아왔다고 대들고 싶었다. 엄마가 돌아가시고 일 년이 채 되지 않았을 때, 아빠는 다른 분과 가정을 이루셨다. 그때 난 고아가 된 기분이었다. 아빠와 그나마 가지고 있던 얕은 유대관계는 거기서 끝이 났다. 만약 아빠와 관계가 좋았다면 아빠의 새로운 시작을 기쁜 마음으로 축복할 수 있지 않았을까? 라는 생각도 했었다. 그 이후로 두 번의 명절, 아빠의 생신과 엄마의 기일 빼고 아빠를 일부러 먼저 찾아가지 않았다. 자식으로서 할 최소한의 도리만 하겠다고 다짐하며 살아왔다. 그렇게 혼자서 정리한 관계는 나를 계속해서 마음 쓰이게 했다. 우리를 버렸다고 생각한 아빠를 나도 버렸다는 죄책감의 무게가 나를 계속 신경 쓰이게 했다. 그렇게 사회생활을 하고 결혼도 하고 남들처럼 아무렇지도 않게 평범하게 살아갔다고 생각했다.

이유 모를 마음의 불편함이 나의 사회생활과 결혼 생활에 걸림돌이 되었다. 사회생활을 하면서 무표정하고 말이 없는 남자 상사와 소통하는 것이 힘들었다. 그런 어른 앞에서는 말과 행동이 자연스럽지 못했다. 눈치를 살피고 듣기 좋은 말만 하려고 했다. 잘 보이려 노력했다. 피곤하고 불편했다. 그때는 내가 조직사회에 부적합해서라고 생각했다. 그런 사람들과 불편한 건 사회생활에서만이 아니었다. 결

심리상담사도 마음 아플 때가 있습니다

혼 생활을 하면서 남편에게서 이유 없이 불편함을 느끼기 시작했다. 말없이 밥만 먹는 남편이 미웠다. 물어보는 말에 무표정하게 '어, 아니'라는 단답형 대답만 하는 남편이 싫었다. 묘하게 아빠를 닮아 있는 모습이었다. 아빠 같은 남자들을 보면 이유 모를 화가 나고 무기력함이 느껴졌다. 이런 상황에서 나는 문제가 없고 그 사람들의 성격이 이상한 것이 문제의 원인이라고 생각했다. 아빠, 그와 비슷한 행동을 하는 사람, 그리고 내 마음의 미묘한 불편함. 이 세 가지의 묘한 연결고리가 나의 삶을 어렵게 만든다는 생각은 전혀 하지 못했다.

대학원에서 부부 상담 교과목을 수강하면서 이마고 부부관계 치료를 알게 되었고 거기에서 내가 찾아 헤매던 문제의 실마리를 찾게 되었다. 나의 어린 시절 아빠와의 관계 문제가 사회생활과 결혼 생활에 영향을 주었다는 것을 알게 되었다. 이마고 모델은 부부의 문제를 치료하는 데 어떤 행동의 변화나 문제를 일으키는 증상의 완화를 치료의 목적으로 삼기보다, 부부 각자의 어린 시절의 상처와 미해결 과제의 치유를 부부간의 '관계'의 치료를 통해 시도하는 인간관계 중심 치료기법이다. 이 기법에서 말하는 핵심은 어린 시절의 경험이 짝을 고르는 데 있어서 무의식적인 영향을 끼친다는 것이다. 나의 어린 시절은 어떻게 해서 지금의 남편을 선택하게 했던 것일까? 아빠 같은 사람과 결혼하지 않겠다고 다짐했던 나는 어째서 아빠랑 똑같은 사람을 선택했을까? 아빠에게 있던 불만을 똑같이 남편에게 가지게 되었을까? 이 묘한 연결고리는 왜 계속해서 나를 따라다니는 걸까? 라는 의문에 답을 얻을 수 있었다.

이 치료기법에서는 어린 시절 채워지지 않았던 욕구를 반드시 채워야만 치유와 성장이 일어난다고 했다. 치유는 나의 욕구가 채워져야 일어나고 성장은 배우자의 욕구를 채워 주었을 때 일어난다. 아빠에게서 채워지지 않았던 상처는 무관심이었다. 남편에게 말했다. 나는 관심과 사랑을 받고 싶었다고. 그리고 지금까지 아빠에게 받지 못한 걸 대신 얻으려고 했던 것에 대해 미안하다고 사과했다. 어느 정도의 치유가 되었고 남편과의 불편함도 많이 줄어들었다. 아빠에 대한 마음도 조금 바뀌었다. 아빠도 아빠의 부모에게 채워지지 않은 무엇인가가 있었겠지.

얼마 전 아빠가 간암 4기 판정을 받아 수술을 기다리고 있다. 아빠를 원망하고 미워하며 살았던 지난 시간이 죄송했다. 아빠도 자신의 상처가 치유되기도 전에 부모라는 역할을 하시게 되었을 것이다. 결핍을 가지고 부모의 역할을 온전히 하기는 참으로 어려운 일인 것 같다. 아빠에게 한 번도 하지 못한 말이 있다. 글의 힘을 빌려 본다.
'아빠, 고생 많으셨어요. 사랑합니다.'

제2장

심리상담사가
되기로 했다

2-1

창문을 열고 고개를 내밀다

..

김명서

어린이집에 다니는 작은 아이가 오전반 적응을 마치고 종일반으로 변경했다. 오후 5시까지 가용 시간이 생겼다. 황금 같은 이 시간에 '무엇을 할까?' 고민했다. 작은 아이를 어린이집에 데려다주고 오는 길에 아파트 단지에 사는 동갑 친구 영란이를 만났다. 영란이는 차 한 잔 마시자며 집에 초대했다. 커피 한잔을 하며 일상에 관해 이야기하던 중 돈을 벌어야겠다는 말이 나왔고, 친구는 함께 일을 찾아보자고 했다. 함께라는 말에 신이 났다. 바로 아파트 입구 도로변에서 교차로를 가지고 와서 뒤적였다. 오전 9시부터 오후 4시 반까지 근무할 수 있는 일을 찾았다. 식품생산 회사였다. 전화를 걸어 일하고 싶다고 전했다. 시청 아래 사거리 길목에서 8시 20분에 픽업하겠다는 대답을 바로 들었다.

생각보다 취업이 쉬웠다. 다음 날 시간에 맞춰 기다렸다. 우리 앞에 승합차가 섰다. 문이 열리고 손짓으로 타라고 했다. 살짝 겁이 났다. 너무 쉽게 취직한 게 꺼림칙스러웠다. 후회하기엔 너무 늦었다. 차는 우리를 태워 처음 보는 길로 내달렸다. '혹시 이상한 데 가는 건가.'

차는 점점 시내에서 멀어지더니 산속으로 들어갔다. 주변에 둘러보니 건물은 보이지 않았다. 도로 이정표도 보이지 않았다. 공장에 도착했다. 걱정은 곧 안심으로 돌아섰다. 마음이 놓였다.

낯선 장소를 둘러볼 틈도 없이 유니폼을 주며 관리자를 따라가라고 지시받았다. 따라간 곳은 굴 소스를 병에 담아 스티커를 붙이는 곳이었다. 레일 위로 병이 지나가면 후다닥 스티커를 붙이고 레일에 바르게 세워 다음 코스로 가도록 하는 일이었다. 단순했다. 하지만 같은 자리에서 굴 소스 끓이는 화기와 냄새를 맡으면서 오전 내내 앉아서 밀려오는 병을 처리하는 일은 쉽지 않았다. 화장실조차 갈 시간이 없었다. 드디어 점심시간. 굴 소스가 첨가된 음식을 들고 먼저 와 있는 친구 앞에 앉았다. 친구랑 눈이 마주치며 머쓱하게 웃었다.

"여기 오는 길에 보니 이정표가 없고…. 택시 부르기도, 잡기도 어렵겠지?"

은밀하게 작은 목소리로 말했다. 탈출하고 싶었다.

"그냥 오후까지 버티다가 회사 차 타고 가야 하나 봐."

친구도 소곤소곤 말했다.

퇴근하는 길, 승합차에 몸을 싣고 달려오는 40분 거리가 1시간처럼 길게 느껴졌다. 익숙한 도로에서 내린 후 멀어지는 승합차를 보며 친구에게 말했다.

"내일 나는 안 갈 거야. 나하고 안 맞아!. 오늘 하루가 너무 힘들었어…. 일당은 주려나."

몸으로 하는 일보다 좀 더 편한 일을 하고 싶었다. 집에 들어가는 길에 교차로 몇 부를 챙겼다. 일당은 받지 못했다. 일당을 줄 수 있는지 물어보지도 못했다.

일주일 내내 교차로에서 굴 소스 공장 일보다 수월하면서 색다른 일을 찾던 중에 지역대학 산하 평생교육원에서 '심리상담사' 교육 과정을 발견했다. '유레카!' 자격증 발급비만 내고 교육 과정은 무료, 시장에서 채소 덤을 얻은 것처럼 기분 좋게 바로 등록했다. 3개월 동안 매주 1회 2시간, 심리상담사 자격 과정은 기대 이하였다. 배운 게 없었다. 지금 돌이켜보면 배운 게 없는 것이 아니라, 내가 배운 내용을 받아들일 준비가 안 되어 있었다. 수강 기간 내내 앉아만 있다 오기를 반복하면서 오전 시간이 아깝다는 기분으로 불만이 쌓였다. 지루했던 강의 시간을 '절대 수업은 빠지면 안 돼, 중간에 그만두면 안 돼!'. 견고한 신념과 인내심으로 채우고 나니 첫 번째 '심리상담사' 민간 자격증이 생겼다. 나의 인생 수레바퀴는 심리상담이라는 밑그림을 그리며 굴러가기 시작했다.

큰아이가 다니던 중학교 학년 부장 선생님이 도형 상담사 자격 과정을 함께 공부해 보자고 권유했다. 도형 상담은 지시어에 맞춰 4가지 도형을 그린다. 도형의 형태, 위치, 모양에 따라 과거, 현재에 대한 심리를 알 수 있는 현상학적 접근법이다. 내담자가 그린 도형 그림을 기반으로 사람의 기질과 현재 심리적 상황에 대해 알고 상담을 할 수 있다는 것이 매우 흥미로웠다. 1달 동안 매주 1회 6시간, 총 24시간으로 구성된 2급 자격 과정을 시작으로 12개월 동안 모든 자격 과정에 참여했다. 2급, 1급, 지도자 자격증을 받은 사람은 11명의 참여자 중 유일하게 나 혼자였다. 선생님들도 하지 못한 일을 해냈다는 자부심이 생겼다.

다음 해, 교육지원청에서 상담 자원봉사자 모집 공고를 보았다. 심리상담사와 도형 상담사 자격증을 지원서에 썼다. 자원봉사자로 합격했다. 급여를 받는 일은 아니었다. 오전에는 봉사활동을 하고 오후에 자녀를 돌볼 수 있었다. 내가 찾는 바로 그 일이라고 생각했다. 경력 단절이었던 터라 새로운 일에 대한 기대로 활기가 넘쳐 콧노래가 절로 나왔다. 상담 자원봉사자로 활동하기 위한 기초, 중급, 고급 소양 교육을 받으면서 조금씩 상담이 무엇인지 알게 되었다. 만족스러웠다.

학생상담 자원봉사자로 상담을 시작했다. 상담 봉사 경험이 많은 선배가 긴장한 나에게 학교에 오기 전, 속성으로 집단상담 방법을 알려 주었다. 처음 만난 학생들은 초등학생 3학년이었다. 7명의 학생이 책상에 둘러앉아 장난기가 가득한 표정으로 나를 올려보았다. '배운

순서대로 하자.'

[1. 학생들에게 활동지를 나눠준다. 2. 자기소개 방법을 안내하고 쓰도록 한다. 3. 다 적고 나면 이야기를 듣는다. 4. 칭찬한다]. 잘하고 싶었다. 발표를 마친 아이들에게 칭찬했다. 학생들이 단어 하나에 고개를 끄덕이거나 활짝 웃는 모습을 보며 내가 기뻐했다. 웃고 있는 아이들 마음을 만나지 않았다. 내 마음의 끝에는 기뻐하는 나만 있었다. 나로 인해 학생들이 도움을 줄 수 있다는 사실에 내가 뿌듯했고, 내가 기뻤다. 사랑받고 싶고, 인정받고 싶은 욕구가 학생들로 인해 채워지면서 만족스러운 감정에 내가 취해 있었다. 그 교실에서는 나를 만나는 학생은 있지만, 내가 만나는 학생은 없었다. 그랬었다.

이제 상담사로 걸어온 지 10년이 지났다. 새로운 교실에서 새로운 학생. 그 교실에는 내가 만나는 학생의 마음 걸음에 맞춰 한 걸음씩 만나러 가는 내가 있다. 매 순간 현재-지금에 집중하며, 나와 함께하는 학생을 만나는 내가 있다. 내 삶의 고정된 창문을 열고 고개를 내밀어 넓고 깊게 세상을 바라보며 다가가는 나는 전문상담사다.

어리석은 선택이 아니었다

··

김미선

나는 혼자의 삶이 익숙했다. 텅 빈 자취방, 혼자 차리는 밥상, 혼자서 맞이하는 어두컴컴한 저녁, 외로운 마음을 잠으로 달랜다. 눈을 떠 외로움이 밀려오면 머릿속에 그려지지 않는 대상을 생각하며 혼잣말로 나와 대화한다. 무엇이든 혼자 생각하고 내 안에서 답을 찾고 결론을 내리는 것이 매우 익숙하다. 마음을 나누고 생각을 나누는 것이 무엇인지 내 머릿속에는 형체가 없다. 중학 시절부터 내 삶의 양식이었다.

고등학교를 졸업한 후 서울이라는 넓은 대도시에서 두려움과 맞서야 했다. 그곳은 내가 살 수 있는 집이라는 공간이 없었다. 언니와 살기 위해 서울로 올라왔다. 언니는 형편이 어려워 방을 세내어 주었다. 쉴만한 공간이 없었다. 나는 천호동에서 길동을 향해 걸으며 내가 살 공간을 찾았다. 무모했다. 길가 소명 피아노가 보였다. 소명이라는 단어가 '신앙인이지 않을까?' '그럼, 나의 힘든 상황을 이야기하면 내가 살 수 있는 공간을 해결해 주지 않을까?' 하는 작은 기대를 품고 문을 열고 들어갔다. 내 생각은 적중했다. 반갑게 맞이해 주며 나의 상황을 귀 기울여 경청해 주었다. 그리고 나의 서울살이에 큰 힘이 되어 줄 집이라는 공간과 교회, 함께 살아갈 사람들을 만날 수 있었다. 지금도 소명피아노 원장님 그 이름 석 자를 기억한다. 장효진 선생님. 가슴으로 품어주는 선생님의 따뜻함에 항상 고마움과 감사한 마음이다. 어느 날 선생님에게 고마운 마음을 전할 길이 없어 '미안합니다' 표현하자 "나에게 받은 것을 너의 사랑과 돌봄이 필요한 사람들에게 나처럼 하면 돼"라고 말씀하신 것이 지금도 나의 뇌리에 생생하게 기억된다.

그리고 1년이 지날 즈음, 나는 송탄이라는 또 다른 세상으로 옮겨야 했다. 또다시 시작이다. 송탄에서도 출석하던 교회 목사님께 쉴 수 있는 공간을 부탁했다. 교회 2층에 어린이집을 운영하였는데, 목사님은 어린이집 교실 한편에 쪽방을 만들어 주셨다. 그 작은 공간이 이 도시에서 유일하게 나의 몸을 누일 수 있는 공간이었다. 지금 생각해 보면 그때 방 한 칸 정도는 마련해 줄 수 있는 부모님이셨다. 나는 한 번도 요청하지 않았다. 부모님은 한 번도 "어떻게 사냐?", "방 한 칸 얻어줄까?" 물어준 적이 없었다. 부모가 되어보니 자식이 원하는 것을 해주지 못할 때 무력감이 나를 힘들게 한다. 아마도 우리 아이들이 20대 젊은 나처럼 아파하지 않을까? 하는 생각이 투사된 듯하다.

세월이 흐른 뒤 지인과 대화에서 삶의 히스토리를 들은 지인의 물음이 내 머릿속에 큰 울림으로 다가왔다. "그 정도면 고아 아니에요?" 맞다. 부모가 있다면 이렇게 살지 않는구나! 나는 당연한 삶이라 생각하고 살았는데 당연한 삶이 아니었다. 처음 느끼는 감정과 반응이었다. 나는 삶의 매 순간, 두려움과 맞서 내 자리를 만들어 가는 것이 당연하다 생각했다. 힘들고 외로울 땐 숨죽여 혼자 울었다. 누군가에게 나의 무거운 감정을 나누는 것은 상대를 힘들게 한다는 생각에 가슴 깊이 꼭꼭 숨기려 애를 썼다. 너무 참다 보니 일상에서 느끼는 감정이 무엇인지 인식되지 않았다. 세상으로부터 숨고 싶었고 누군가에게 숨고 싶었다. 가장 편안하고 안전한 회피처가 결혼이라는 생각에 사회적 제도 안으로 스스로 몸과 마음을 숨겼다.

그런데 내 생각과 달리 나의 마음과 정서가 혼란스러움을 느꼈다. 어느 날 잠에서 깨어 내가 결혼한 사실을 망각하고 아기 침대에 누워 있는 아이와 내 옆에 잠들어 있는 남자의 모습에 소스라치게 놀라 길거리를 한없이 헤매며 걸었던 기억이 있다. 상담자가 되고야 알았다.

내가 해리를 경험했다는 것을…. 결혼하고 난 조금 달라진 나의 모습을 상상했지만, 상상과는 너무 달랐다. 나의 원 가족에 시댁이라는 새로운 구성원의 굴레가 덧씌워져 버거움은 더 커졌다. 시어머님의 병치레로 지칠 대로 지쳐가고 있었고 친정아버지마저 뇌경색으로 쓰러져 누군가의 돌봄을 받아야 하는 상황이 왔다. 가족이 모두 모여 가족회의를 했다. 나는 시어머니를 모시고 살고 있어 할 수 없었다. 하지만 모든 가족이 "할 수 없다"라며 경계선을 그었다. 나는 또다시 친정 부모님을 모시는 선택을 했다. 그것이 바로 가족에서 내 존재감이었다. '착한 아이', 가족의 문제를 해결하는 역할, 나의 존재감이었다. 존재감을 통해 인정받기 위해 안간힘을 쓰며 살았다. 지치고 힘들어 무력감마저 드는 순간에도 나를 위로하기보다는 "좀 더 참으면 되는데", "좀 더 최선을 다해야지"라며 나를 채찍질하였다. 내가 나에게 던지는 화살이 더 아프고 힘겨웠다.

상담사가 된 지금 나는 힘든 매 순간 내 자아를 항상 외면하고 돌봐주지 못했다는 것을 깨달았다. 정말 안타깝다. 측은함에 가슴이 시려온다. 이런 내 마음을 추스르기도 전에 나는 또 나에게 주어진 미션을 해결해야 했다.

우리 아이 셋과 시어머니, 친정 부모님, 나와 남편 8명의 동거가 시작되었다. 방 3칸에 거실 1, 화장실 1, 숨 쉴 수 있는 공간이 없었다.

나의 감정적 무게감이 짓눌러 숨이 막혀오기 시작했다. 나의 임계치를 넘어가는 순간 신체적 현상이 나타나기 시작했다. 무호흡증이었다. 숨을 쉬기 어려웠다. '이러다 사람이 죽을 수 있겠구나!' 하는 생각이 들었다. 무서웠다. 죽음의 공포와 마주하는 순간이 너무 두려웠다. 죽고 싶지 않았다. 정신을 차린 후 친정 부모님께 시골집으로 내려가시도록 말씀드렸다. 나도 살아야 한다고. 아버지는 "미안하다"라는 말씀을 남기고 시골집으로 발걸음을 옮겼다.

일련의 과정을 겪으며 호흡할 힘마저 잃어버린 나를 바라보고 가장 마음 아파했던 사람은 남편이었다. 어찌 보면 모든 상황을 지켜보며 당황스럽고 힘겨운 사람은 남편 자신이었을 텐데…. 이런 나를 보며 남편은 상담 심리학을 공부해 보는 것이 좋겠다 제안했다. 공부를 권유하며 "당신은 타인을 상담하기 위해서가 아니라 당신 자신을 잘 돌봤으면 좋겠어"라며 이야기하고 대학원 입학전형 홍보지를 건네주었다. '내가 할 수 있을까?' 자신은 없었지만 내가 살 힘이 생긴다면 그것으로 충분했다.

나는 상담사가 되기로 마음먹었다. full time 정규직으로 일을 했기에 야간으로 공부하는 것이 신체적·정신적으로 매우 힘이 들었다. 상담 심리학 용어 자체가 매우 어려웠다. 잠자리에 들기 전, 자신이 없어 주저앉아 무력감을 느낄 때도 많았다. 하지만 나의 유일한 탈출구가 공부였다. 힘든 삶의 무게를 공부의 무게로 바꾸려 안간힘을 쓰기 시작했다. 공부하며 깨달았다. 나는 욕구가 매우 중요한 사람이었다. 욕구의 결핍이 나의 자존감과 열등감을 매 순간 자극했다. 나의 진정한 모습이 조금씩 보이기 시작했다. 인간은 성장을 원한다. 내담자들은 자기 성장을 위해 아파도 삶의 끈을 놓지 않고 발버둥 친다. 나는 그들과 함께하고 싶다. 상처 입은 치유자이기 때문이다. 나는 치유 후 성장이 행복하다. 그 길을 안내하고 임상 현장에서 삶으로 나누고 싶다.

나는 연극 심리상담사다

..

김성례

　초등학교 4학년 때, 같은 동네 친구 형님이 한문 수업을 했다. 동네 친구 형님이 여름방학 때 한문 수업을 했다. 국민교육헌장에 나와 있는 한문을 익히는 것이다. '우리는 민족중흥의 역사적 사명을 띠고 이 땅에 태어났다'라는 부분을 생각했다. 나의 역사적 사명, 여자의 사명, 어머니의 사명 등. 한문 선생님을 통해 일요일에 교회 나가게 되었다. 우리 집는 불교 집안이라 교회 나가는 것을 싫어했다. 하지만 교회에는 우리 집에 없는 웃음이 있었다. 친절이 있었다. 다정함이 있었다.

　"아야, 밥 먹었냐? 욜로 와서 밥 먹고 가라잉."

　그냥 밥 먹고 가라는 그 한마디에 우리 집에 없는 사랑이 있음을 단박에 알았다. 그리고 우리 집에 사랑을 달라고 울며 기도했다. 어쩌다 교회 다녀와서 들키는 날이면, 엄마는 부엌문을 잠그고 부지깽이로 온몸을 때렸다. 맞으면서 생각했다. '몸이 아파도 괜찮아, 웃음과 기쁨과 친절이 있는 교회가 더 좋았으니깐, 맘껏 때려 보세요.'라며 속으로 웃고 있다. 교회 다니면서 성탄절에 성극을 하였다. 자연스럽게 연극에 끌리게 되었다.

스무 살이 되어 S기업에 취업하게 되었다. 생산 라인에서 컴퓨터 모니터 나사를 박는 일을 했다. 매일 같은 일을 반복하며 노동자로 살았다. 어느 날 회사에서 연극 동아리 오디션을 보고 활동하게 된다. 나에게 연극은 위로, 희망, 존재 이유가 되었다. 단순노동에서 벗어나고 싶어 했던 나의 해방 출구가 되었다. 처음으로 참여했던 연극은 '생일 잔치'라는 작품이다. 생일날 꽃을 배달하는 꽃집 아가씨 역할이었다. 대사는 '안녕하세요. 꽃 배달입니다'이 한마디였다. '안녕하세요'라는 대사는 늘 하는 인사말이다. 이 한마디가 이렇게 어렵다니. 일상의 말이지만 무대에서 표현되는 과정은 쉽지 않았다. 연습하고 연습하는 과정에서 나의 목소리와 움직임으로 역할이 창조된다. '무엇이 될꼬 하니'라는 연극에는 소작인 역할로 참여하면서, 대사 중 '당신들은 구경꾼. 잘 먹여주고, 잘 입혀주면 말이 없다.'라는 대사를 통해 세상은 '빵으로만 살 수 없음'을 알게 되었다. 낮에는 노동자로, 밤에는 예술가로 두 영역을 넘나들었다. 연극이 나의 삶을 구원할 거라 믿었다.

그 믿음으로 연출에 도전하게 되었다. 〈여자의 성〉, 〈춤추는 꿀벌〉
이라는 작품이다. 작품을 분석하고 무대에 형상화하는 과정이 흥미
로웠다. 〈춤추는 꿀벌〉은 남북 이산가족의 아픔을 다룬 작품이다.
근로자문화예술제에 참여했다. 경기도 문화예술회관 소극장과 대학
로 동숭아트센터에서 공연되었다. 한 편의 연극을 무대에 올리는 과
정은 엄마가 아기를 낳는 산고의 여정이다. 연극에서 역할이 추구하
는 방향과 목표를 설정하고, 목표가 정해지면 나만의 목소리에 감정
을 싣고 역할을 창조한다. 연극에서 창조성은 새로운 인물을 만든다.
'만약~ 라면'상상을 통해 연기한다.

보이지 않는 것을 진짜로 있는 것처럼 믿어야 하는 연기가 좋았다.
'지금, 이 순간'이라는 시간에서 신뢰와 진실함으로 역할이 창조되었
다. '내가 바로 여기에' 존재하는 과정을 경험하게 된다.

1년에 네 작품을 공연하면서 하는 직장 생활은 만만치 않았다.
2~3시간씩 잠을 자거나 밤을 새워 희곡을 분석했다. 동선을 만들며
인물을 창조하는 과정에서 만나는 웃음, 기쁨, 즐거움, 열정 등이 나
를 살렸다. 무대에서 역할을 창조할 때마다 심장이 두근거렸다. 심장
이 터져버릴 것 같은 떨림을 마주하고, 떨림은 두려움과 공포를 정면
으로 마주할 수 있는 통로가 되었다.

그리고, 연극치료 과정 집단에 참여하게 되었다. 트라우마였던 밤

이야기가 무대에 펼쳐졌다. 지금까지 불안과 두려움에 떨며 먹었던 밥에 보상이라도 하듯이 음식물을 토했다. 변기를 붙잡고 기진맥진해지도록 토하고 토했다. 정신이 혼미해져서 잠이 들었다. 깨어나면 또 토한다. 몸이 말하고 있었다. 억압시키고 있었던 감정이 몸에서 아우성을 치고 있다. 온몸이 뒤틀리게 헛구역질했다. 나중에는 온몸에서 쉰내가 났다. 배에 손을 얹고 '미안해 몸아', '정말 미안해' 배를 쓰다듬었다. 글을 쓰고 있는 지금도 속이 울렁거린다. 몸을 통해 나를 만나게 되었다. 그 후, 심리극 집단과정에 참여하면서 또 밥이 이슈로 등장했다. 밥의 역할로 참여했다. 또 토하고 토했다. 눈물이 주르륵 흘러내렸다. 참고 참아야 했던 지난날의 억압이 몸을 통해 반응하고 있다. 몸을 읽으면서 몸의 소리에 귀 기울이게 되었다.

연극치료는 일상의 이야기가 무대에 올라간다. 역할 살기를 통해 관계를 조명해 보고, 과정에서 드러난 상징과 은유의 의미를 탐구한다. 역할을 경험하는 과정을 통해 감정정화와 행위통찰이 이루어지며 내적 갈등이 해소된다. 행동의 변화가 일어나고, 생활의 균형과 조화를 이루어 편안하고 안정적인 일상을 살아가도록 도와준다. 삶을 위한 연극치료는 회복의 통로가 되었다. 일상의 경험을 연극이라는 안전한 장치를 통해 재연되었다. 연극과 연극치료는 나를 당당하게 살아갈 수 있도록 했다. 삶을 기쁘고 편안하고 자유롭게 했다. 예술이 이끄는 삶이 되었다. 예브레이노프는 '연극은 인간에게 공기와 음식과 성관계처럼 필요한 어떤 것'이라고 했다. 연극은 나에게 공기처럼 숨을 쉴 수 있는 숨구멍이다. 새로운 작품을 만나고 공연할 때 인물을 통해 다시 태어난다. 그리고 심리극 디렉터로 삶을 살아가게 하는 원동력이 되었다. 두려움에 떨었던 영혼을 따뜻하게 감싸주었다. 심리극은 익숙한 상황이나 사건을 새로운 방법으로 시도해 보는 과정이다. 심리극은 나, 너, 그것의 관계를 탐색하여 생각, 감정, 행위 갈등을 해소한다. 심리극은 현재에서 과거로, 과거에서 현재로, 현재에서 미래로 넘나들면서 진짜 자기가 되어간다. 심리극의 기법에는 역할 바꾸기, 이중 자아 기법, 거울 보기 기법이 있다. 지금까지 이해할 수 없었던 상황이나 인물이 역할 바꾸기 경험을 통해 이해되기 시작했다. 몸과 만났다. 몸에서 경험되는 감각이나 정서가 무엇을 알려주려 했는지 발견하게 되었다. 참 자아의 발견이다. 가장 나답게 살고 싶었던 나를 보듬어 주었다.

세상에는 왜 힘든 사람들이 있는 거지?
사람의 마음은 뭐지?

..

미래다혜

나의 외할아버지는 3남 5녀를 두신 성실하신 복덕방 사장님이셨다. 우리 엄마 어릴 때는 시골에서 양조장을 하셨다고 들었는데, 자식들을 도시로 분가시키시면서 외할아버지도 도시로 오셔서 복덕방을 운영하셨던 것 같다. 복덕방이기도 하고 담배 가게이기도 했다. 초등학생 때 가게에서 외할아버지께서 방을 구하는 손님을 모시고 방 보여드리러 나가시고 안 계실 때에, 나는 가게를 지켰다. 그때 조금 어려웠던 받아올림 받아내림의 개념을 담배 사러 온 손님에게 동전 거스름돈을 내어드리면서 확실하게 익혔다. 또 할아버지 가게는 방을 구하는 손님들, 때로 놀러 오시는 할아버지들, 시간 보내러 지나다

들리시는 이웃분들이 계신 곳이었다. 가게에 손님이나 어른들이 안 계실 때, 복덕방 소파 엉덩이 받침대를 들추어 보면 동전이 나오는 할아버지의 복덕방은 또 하나의 즐거운 세상이었다.

그렇게 외할아버지 가게를 참새가 그냥 못 지나는 방앗간처럼 드나들다가, 우리 집이 부유하지 않아서 그런 생각을 했는가 싶긴 한데, 세상은 왜 이렇게 불공평한가 하고 생각해 본 적이 있었다. 넉넉한 사람이 부족한 사람에게 나누어주고 함께 공유하면 어려운 사람, 힘든 사람이 없을 거로 생각했다. 개인의 욕구와 욕심이 있는 이 세상에서는 꿈 같은 그 생각은 다른 사람을 돕고자 하는 지금의 나로 살게 한 씨앗이었던 것 같다. 세상의 불공평함에 대해 답은 얻지 못하고, 초등학생 시기와 청소년기를 보내고 대학에 입학했다. 어른이 되고 나서 세상에 어떻게 완전하고 완벽한 똑같은 공평이 있겠는가를 알게 되었으나, 완전해지진 않아도 기회를 균등하게 가질 수 있다면 좋겠다고 생각했다. 기회가 공평하게 주어질 수 있고, 또 그러지 못한 부분에는 나눔과 섬김을 통해 어려움을 조금이라도 해소할 수 있도록 돕는 모습은 아름다울 터이다.

고등학교 3학년 때 같은 반이던 친구 N과 함께 같은 대학에 입학했다. 친교 동아리 생활도 함께하였다. 대학 신입생 때 거의 반년 동안 수업을 마치면 동아리 동문 회원들과 일상의 대화를 하며 술 마시고 놀았다. 고등학생 때의 학업 해방감을 그렇게 누린 것 같다. 동아리 회원 남학생 중에 키가 크고 독특한 분위기의 남학생이 있었는데, 그는 N을 좋아했다. 그런데 그 남학생이 나도 왠지 좋았다. 뭔가 비밀스러운 분위기의 그 남학생에 대한 호기심이었던 것 같다. 나중에 동문 남학생들이 군대 가고, 우리 모두 학년이 올라가면서 친교 모임은 자연스레 없어졌다. 그 친구들은 지금 어디서 무엇을 하고 있을까 싶다. 내가 살아온 세상과 다른 세상에서 살다가 대학에 온 것 같은 동문 남학생들을 보며, 나는 그때 저 아이는 왜 저런 말을 하고 저런 행동을 할까 등 사람에 대해 관심, 호기심이 있었던 것 같다.

과외나 학원은 못 다녔으나 공부를 곧잘 따라갔던 나였고, 작은 회사이지만 대학 졸업하고 바로 직장을 나가게 된 나는 누구나 노력하면 잘 살 수 있고, 높은 결과도 나오는 줄 알았다. 그러나 직장 생활 중에 노력하더라도 못 할 수도 있음을 알아버렸다. 외국에서 생산 주문이 오면 요청에 맞춰 제품이 만들어지도록 생산 의뢰를 넣는 일을 했는데, 고객의 요청과 다른 제품이 만들어진 적이 있었다. 누구의 실수인지 증명되지는 않았지만, 색상표기 오류로 제품이 잘 못 만들어진 일이었다. 회사의 경제적 손실과도 이어지는 부분이기에 마음이 매우 불편했고, 회사에서도 이 일을 처리하느라 여러모로 어려웠다. 그 일을 겪으며 사람은 실수할 수 있고, 무엇을 잘못할 수 있음을 배웠다. 세상에는 잘해 보려고 해도 잘 안되는 사람, 돈 많이 벌고 싶어도 못 버는 사람, 결혼하고 싶어도 결혼이 성사되지 않는 사람, 내 맘대로 되지 않는 일도 있음을 배웠다. 그래서 마음이 아픈 사람, 잠을 잘 자고 싶어도 잠이 안 오는 사람, 친구 많이 사귀고 싶어도 친구 사귐이 어려운 사람 등 다양한 아픔이 있다. 이 경험이 나를 일차적으로 사람에 대한 수용으로 이끌었던 것 같다. 마음대로 바라는 대로 다 되지는 않고, 그러함을 받아들이고 존중한다는 것을 배운 시기였다.

나는 자랄 때에는 나를 잘 몰랐다. 결혼한 후 발견한 나는 적극적이고, 무엇이든 먼저 움직이는 사람이었다. 또 강의를 들으며 나 같은 성격의 사람들은 지각이어도 꼭 참석하는 행동형이라는 것도 알게 되었다. 주부로서 동네 아줌마들과의 관계를 맺으며, 다시 사람의 마음은 어떤 것인가 하는 사람에 대해 궁금증이 생겨났다. 대학 1학년 때 교양과목으로 수강한 심리학은 C였지만, 주부인 나의 인생 심리학은 C가 아니었던 것 같다. 더더구나 소그룹에서 구성원 각자의 마음을 존중하며 한마음이 되도록 모임을 이끄는 리더 역할을 할 기회가 있었는데, 사람의 마음은 여러 갈래였다. 잘 맞추어 가면서 이루어 간다고 하여도, 어느 한쪽에서는 그 마음 가운데 충족되지 않은 욕구와 마음이 있음을 보았다. 그 경험을 통해서도 나는 사람의 '마음'에 대해 궁금증이 일었다. 엄마가 되고 주부가 되어 사람 마음이 어떻게 서로 연결되고 작동하는지, 사람의 마음은 무엇인지 하는 관심이 생겼다. 적극적으로 행동하는 성격인 나는 그 관심을 가지고 상담 대학원에 입학하였다. 공부가 쉽지는 않았지만 시작하면 끝까지 하는 성격 덕분에 석사 과정을 마치고 박사 과정 진학하여 과정 이수를 끝낼 수 있었다.

어릴 때, 세상일의 공평은 어디에서 어떻게 이루어질 수 있을까 생각하던 것이 사람의 마음에 대해 살펴보게 했고, 실수할 수 있음에 대한 수용도 경험했고, 마음에 대해 호기심을 갖고 공부하게 되었다. 또 주위의 마음이 아픈 사람들을 만나면서 마음 아픈 사람들을 돕고 싶은 마음에 상담 공부를 열심히 하였다. 지금은 상담사 수련을 거쳐서 상담사로 일하고 있다. 사람의 마음을 돕기 위해 배우는 상담이론이 사람 마음처럼 왜 이렇게도 많고 다양한지 참 새로웠다. 심리학의 배경지식이 많지 않던 나로서는 사람의 마음을 알아 간다는 것은 신세계였다. 그래서 재미있게 새벽까지 리포트도 쓰고, 즐겁게 공부하였던 것 같다.

공평에 대해, 대학 때 동문 친구의 마음에 대해, 구성원의 마음에 관심을 가지고 고민했던 과정이 사람의 마음에 다가가서 돕는 상담사로서의 출발이었던 것 같다. 나의 인생 경험들이 나를 상담사로 서게 했고, 상담사로 만나는 내담자들이 나를 또 인간으로 성장하게 한다. 상담실에서 만나는 이들의 삶의 이야기가 참 무겁다고 느껴질 때가 많고, 힘들다 싶을 때도 있지만, 사람을 향한 관심으로 사람의 삶을 돕는 전문가로 살 수 있어서 참 좋다. 그래서 나는 지금도, 오늘도 상담실로 향하여 간다.

2-5

준비된 필연!

..

양지유

나보다 열여섯 살 위 큰 오빠, 열세 살 위 언니, 네 살 위 작은 오빠, 우린 4남매다. 힘겨운 한세상 최선을 다해 살아내신 부모님과 투병 중이던 언니까지 모두 하늘로 가시고 원 가족 중 나 홀로 이 세상에 남아있다. 오늘 유난히 언니가 보고 싶다. 그리고 하늘로 가기 전에 웃는 얼굴로 화해한 큰오빠도 궁금하다. 세상에서 큰 빚을 진 올케언니에게 하늘에선 잘하고 계시겠지? 오빠는 어머니의 손에 이끌려 결혼했으나 행복하지 않았다. 올케언니는 오빠 바라기였고 오빠는 아내가 싫은지 올케언니를 외롭게 했다. 잦은 가출과 심한 알코올 섭취로 가정이 흔들렸고, 결국 오빠는 알코올 중독이 되었다. 사무치는 운명의 삶을 살다 간 올케언니는 세기에 몇 찾기 어려운 여인이다. 결국 남편을 회복시키고 아내만 바라보는 사람으로 만든 귀인이다.

시집오기 전까지 눈먼 어머니를 모신 소녀 가장인 나의 어머니, 시집올 때 부모님 제사를 가져와야 할 만큼 일가친척 하나 없는 외로운 분이셨다. 소경임에도 완벽주의인 외할머니의 가르침이 무척 엄격했다고 들었다. 먼지가 있는지 확인하기 위해서 손바닥으로 방과 마룻바닥을 수시로 점검할 정도로 강박에 가까운 청결한 분이어서 어머니의 어린 시절, 정서적 안정을 위해 편안하고 든든한 의지처는 없지 않았나, 그런 마음이 든다. 아마도 그래서 외할머니를 닮은 어머니는 세상 전부인 4 남매에게 무척 엄격하셨나 보다.

아이를 못 낳아 쫓겨난 전처의 자리로 시집온 우리 어머니, 무뚝뚝한 남편, 괴팍한 시어머니, 가난한 살림살이, 어머니가 선택한 운명은 무겁고 버거웠다. 좋은 동네 어른으로서 인기가 많았던 남편은 효자요, 묵묵한 선비였으나, 다정함도 경제력도 없었다. 어머니는 작은오빠의 사망 이후 온전히 큰 오빠에게 의존하며 살았다. 아버지는 퇴근 후 저녁상에 올라오는 반주(소주 석 잔)와 막둥이가 재잘거리는 재롱이 삶의 낙이었고, 하루만 생각하는, 성실하고 단순한 낙관주의자였다.

"왜 다들 가는 고등학교를 안 보내고 나를 목수로 만들었나요?" 큰 오빠가 가끔 미치면 언성을 높인다. 아버지는 오빠가 더 길어지면 벼락처럼 더 크게 소리를 지른다. 그럴 때 난 숨어버렸다. 무섭다. 공포스러운 고성에 소름이 돋았다. "난 독학으로 지붕 위에서 신문지를 공책으로, 선생도 책도 없이 공부하며 글 다 깨치고, 외국어도 배웠다. 이놈아, 배우고 싶은 정신만 있으면 얼마든지 배워. 난 학교 문 입구에도 가본 적 없어." 지붕 위라고 분명히 하셨는데 서당인지, 학당인지, 어느 지붕 위인지는 기억이 가물가물하다. 동네 사람들 편지도 대필해 주시고, 일본에서 오는 편지도 풀어주시고, 거의 매일 붓을 놓지 않으셨다. 내가 처음 붓글씨 배우던 시절, 아버지가 직접 먹물을 갈아 신문지를 펴고 붓을 든 내 손을 아버지의 손으로 감싸 쥐었다. 그때의 따뜻한 느낌을 지금도 생생히 기억한다.

작은오빠는 얼굴을 그리고 싶으나 떠오르지 않았다. 아련한 그리움, 애잔함 같은 것이 가슴에 늘 있어 언니에게 물으면 "7살 때 사고로 죽었어." 그걸로 끝이다. 나는 언니가 옆에 있어도, 가족들이 있는데도 늘 외롭고 허전했다. 중학생이 되면서 외로움의 깊이는 더 크게 느껴졌다. 이게 뭐지? 원인 모를 방황이 시작되었다. 어머니를 힘들게 한 친할머니에게 조금의 애정도 나에겐 없다. 내가 7살 때 할머니 장례식에서 "울어야 하는데 왜 눈물이 안 나지? 이러면 벌 받는 거 아닌가?" 그날 어린 내가 고민하던 모습이 생각난다. 어머니의 고된 시집살이를 보며, 나는 어머니와 함께 트라우마를 경험한 것이다. 애들 아빠가 큰딸에게 폭력을 가할 때마다 숨죽이며 바라본 작은딸이 고스란히 트라우마가 있는 것처럼, 나는 어머니의 고통을 같이 경험했다. 할머니의 죽음이 하나도 슬프지 않았다.

어린 시절 가족이 나에게 주는 매 순간의 일상들이 가랑비처럼 스며들어, 차츰 내 신경세포에 고통의 동굴이 형성되기 시작한 것이다. 난 이미 세 살 때부터 내면 아이의 상처로 시작해서 부모님과의 갈등, 고부(어머니와 친할머니)간의 갈등, 오빠의 결혼생활, 오빠와 아버지의 잦은 고성, 형부의 도박과 언니를 향한 폭력을 보면서 간접트라우마를 충분히 경험했다.

10년이 넘게 치유 작업을 한 큰딸! 이제는 회복되어 글 쓰는 작가로, 이쁜 공주의 엄마로, 아픈 사람을 돌보는 심리상담사가 되었다. 현재 사업장을 운영하며 멋지게 사는 막내딸, 심신이 아픈 상태로 결혼했고, 돈은 잘 벌어 외형은 멋지게 살지만, 가슴 충만한 행복이 느껴지지 않는다. '내 아이를 힘들게 하고 싶지 않아요.' 고통의 대물림이 무서운 것이다. 죽음 앞까지 세 번이나 갔던 큰딸은 거의 회복되어 가지만, 겉으로 화려한 막내는 매우 어둡다. 큰딸은 살기 위해 심리상담, 예술 치유, 명상 치유, 최면 치유, 에너지 치유, 집단상담, 가족 세우기 상담, 내면 아이 치유 워크숍 등 치유 분야의 대부분을 경험하며 조금씩 회복되었고 내담자에서 상담사가 되었다. 자신을 살려내고자 최선을 다한 이들의 해방이고 회복이다. 딸! '너는 이 세상에서 내가 본 가장 강한 영혼이야!'

나의 유년기 삶에서 아버지의 '절대적 지지'와 엄마의 자리를 지켜준 언니의 정성 때문에 힘의 뿌리가 내려졌다. 크고 작은 장애물을 넘어서 나는 건강하고 씩씩한 성인으로, 나눔을 실천하는 사회인으로, 돌봄에 성공한 어머니로, 탐구의 장에서 늘 머무는 학생으로, 여기 있다. 세 살 어린아이가 겪은 버려짐의 트라우마! 4학년 아이가 보호자로부터 버려진 경험, 중학교 1학년 시절, 친한 친구들에게 받은 왕따! 7년간 열애를 하던 연인으로부터 받은 이별 선언! 그 이듬해 다시 돌아온 그 남자! 방황을 멈추기 위해 사나흘 고민하는 척하다 손을 덥석 잡았다. '그래 이 사람이 날 사랑하려고 다시 왔을 거야, 이 사람에게 모든 걸 의지하며 복잡미묘한 방황을 끝내자.' 고통의 시작도, 초월한 지금도 모든 상황은 필연의 선택이었다.

어린 시절의 상처일수록 더 골이 깊고 끈질길 수 있다. 지금도 트라우마를 겪은 시절과 비슷한 상황이 오면 불쑥 화가 치솟아 오르며 버려짐이 느껴진다. 큰 소리가 들리면 몸이 굳어지고 무섭다. 길게 호흡하며 '그 사건은 이미 오래전에 끝났어, 괜찮아.'라고 말하면 심장 박동이 서서히 가라앉는다. 회복은 상처 난 시간만큼 돌봐야 한다. 사랑으로 눈높이를 맞추며 천천히 가고자 한다. 내면의 아이들이 창조의 날개를 달고 날아오를 때까지! 배우고 경험하며 성장해 가고 있다. 나에게 왔던 모든 고통은 성장을 위해 준비된 필연이었음을 알기에, 모든 게 고맙다. 상담사로 더 큰 눈을 뜨기 위해 오늘도 배움의 장을 향한다.

심리상담사도 마음 아플 때가 있습니다

2-6

만들어지고 있는 나

··

임성희

옆집에 놀러 갔다. 큰아이와 옆집 아이가 인형을 가지고 서로 자기 것이라며 싸우고 있었다. 난 큰아이의 손을 거칠게 잡고 집으로 돌아왔다. 손으로 파리채로 정신없이 때렸다.

"엄마가 남의 물건에 손대면 안 된다고 했지! 왜 그랬어? 왜?"

큰아이의 몸 여기저기를 때렸다. 아이도 울고 나도 울었다.

오늘은 전과 달랐다. 아이를 때리면서 느끼는 희열. 마치 가슴의 울분이 빠져나가듯 너무 시원했다. 상쾌하면서 기분이 좋아졌다. 순간 파리채를 집어던졌다.

'내가 미쳤나 보다. 내 아이를 때렸는데 기분이 좋다니. 내가 미쳤구나.'

끔찍했다. 아니 무서웠다. 난 엄마가 아니었다.

그때부터이다. 아이랑 대화하기 위해서 말로 혼내기 위해서 내가 해야 할 방법을 찾기 시작했다. 나는 말하는 것을 좋아하고, 책 보는 것을 좋아하는 사람이다. 앞으로 공부하고, 취직하여 경제적으로 독립도 하고 싶다.

인터넷에서 이것저것을 찾기 시작했다. 커리어넷이라는 사이트에는 여러 가지 구직 관련된 자료들이 많았다. 적성검사가 눈에 띄었다. 그것부터 시작했다.

나의 적성은 교육자, 간호사, 사회복지사, 심리상담사라는 직종이 나왔다. 그중 눈에 띈 것이 심리상담사였다. 궁금했다. 심리상담사에 대해 알아보았다. 심리상담사라는 자격증을 따는 방법과 공부법, 그리고 취업할 수 있는 곳과 연봉들을 탐색해 보았다.

일하기에 적합해 보였고 내 성향과도 잘 맞을 듯했다. 아이 교육과 함께 이야기도 나눌 수 있겠다는 생각이 들었다. 대학교를 나오고, 대학원도 나오고 자격증을 따야 한다. 아기도 돌보고, 해야 할 일도 많은데 할 수 있을까 아니면 포기해야 하나라는 생각이 들어 망설여졌다.

육아를 병행하면서 함께 할 수 있는 방법이 뭘까 고민하던 중 인터넷 광고상에 사이버대학교라는 것이 올라왔다. 그때 처음으로 사이버대학이 있다는 것을 알았다. 나에게 딱 맞을 듯이 보였다. 주부로서 공부할 수 있겠다는 생각이 들었다.

수강료가 가장 싼 사이버대학교를 알아보았고, 난 거기서 공부를 시작했다. 사이버로 강의를 듣고, 과제를 제출하고, 집안일을 하면서 시험을 보았다. 4년 동안 나와 내 가족들을 돌아보게 되었다. 못 해준 것, 엄마로서 자격이 없는 것, 엄마로서 잘못한 부분, 내가 사랑받지 못하고 산 것 등등의 기억이 났다. 잠시 잠깐이지만 그 시간이 나에게는 아주 큰 물결 같았다. 아팠다. 나 자신을 위해서 그리고 내 가족들을 위해서 울고 또 울었다. 학업을 마치고 난 공부의 끈을 놓고 싶지 않았다.

건강가정 지원센터에서 현실치료 공부를 하고, 가정폭력, 성폭력 상담소에서 자원봉사를 시작했다. 학교 집단상담을 나가고, 가정폭력 상담사, 성폭력상담사, 미술심리상담사 등 자격증을 땄다.

그러던 중 우연히 성폭력 상담소에서 진행하는 '가족세우기'라는 프로그램에 참여하게 되었다. 난 남편의 술 문제를 다루었고 그것이 시어머니와 연관되어 있다는 것을 알았다. 남편은 술만 마시면 엄마에게 가겠다고 했다. 죽은 엄마를 보내지 못하는 남편을 마주하게 되었다. 프로그램에서 난 남편을 대신하여 시어머니를 보내는 작업을 했다.

프로그램이 다 끝나고 교수님은 대학원 석박사 과정을 소개해 주셨다. 난 또다시 고민이 되었다.

'내가 해도 될까. 내가 할 수 있을까.'

고민하던 중 현실치료 공부를 할 수 있게 해주신 소장님을 찾아갔다.

"자신의 마음을 보세요. 무엇을 더 하고 싶은지 더 하고 싶은 것을 따라가세요." 소장님은 말씀하셨다.

내가 하고 싶은 것은 가족 상담이었다. 성폭력 상담소에서 치료 작업을 하고 나서 뭔가 달라져 있는 남편의 모습을 보았다. 남편은 편안해 보였다. 신기했다. 난 용기를 내어 석사 과정 지원서를 냈고, 합격했다. 너무 기뻤다. 모든 것이 실감 나지 않았다.

내가 자원봉사를 했던 성폭력, 가정폭력 상담소 소장님은 필통에 필요한 필기구들을 담아서 선물로 주셨다. 현실치료 공부를 할 수 있게 해주신 소장님은 잘했다고 하셨다. 남편 또한 열심히 해보라며 등록금을 지원해 주겠다고 했다. 든든했다. 엄마는 "뭘 이제 공부를 해. 애들이나 잘 돌보면 되지."라고 하셨다. 서운했다. 가장 기뻐하실 줄 알았다.

석사 과정 등교 첫날 오리엔테이션 진행을 하면서 다른 대학교 교수님이 오셨다. 타로에 대한 강의와 그 자리에서 직접 타로를 뽑은 사람에게 해석해 주셨다. 내 카드를 보더니 "더 많이 우세요. 가슴에 빙하가 다 녹을 때까지."라고 하셨다. 얼마나 더 울어야 하냐고 물었고, 교수님은 그냥 웃으셨다.

오리엔테이션을 마치고 집으로 돌아가는 차 안. 내 안에서 뭔가가 벅차올랐다. 눈물이 하염없이 쏟아졌다. 이제야 뭔가 이루어진 것 같았다. 너무 기뻐서 소리치고 싶었다.

'내가 해냈다. 그동안 낙오자로 살았던 나에게도 이런 날이 왔다.'

기쁨의 눈물을 쏟으며 집으로 왔다. 남편에게 고맙다며 꼬옥 안아 주었다.

대학원에서 상담이론 공부를 했다. 2급 전문상담사를 따기 위한 수련 생활도 시작했다. 수련 생활을 하면서 큰아이에게 과도한 관심과 기대를 건다는 것을 알았다. '가족세우기' 프로그램을 통해 내가 큰아이에게 유산한 아이들의 삶까지 살아달라고 요청하고 있다는 것을 알았다. 큰아이는 불안해하면서 힘들어했다. 유산한 아이들을 떠나보내는 애도 작업을 했다. 그리고 큰아이에게도 너만의 인생을 살라고 했다. 나의 마음은 편안해졌다. 큰아이에게 재촉하지 않게 되었다.

수련 생활과 집단상담을 통해 많은 사람이 나와 비슷한 환경에 살고 있다는 것을 알게 됐다. 내가 사랑받지 못하고 자랐기에 내 아이들에게도 사랑을 주지 못했다는 것도 알았다. 난 나와 같은 가정을 이루고 사는 사람들을 돕고 싶은 마음이 생겼다. 전문상담사 2급을 취득하고 학교에 배치되었다. 아이들과 보호자들을 상담하는 일을 하고 있다. 부족한 것도 많고, 알고 싶은 것도 많고, 배워야 할 것들도 많다. 그래서 난 여전히 엄마로서, 상담사로서, 나 자신을 만들어가는 중이다.

심리상담사가 되기로 했다

..

전숙희

캐나다행 비행기에 몸을 싣다

오랜만에 지인의 전화를 받았다. 코로나19라는 팬데믹(Pandemic) 상황이어서 만남이 뜸했던 터라 반가웠다. 간단한 안부 끝에 얼마 전 집을 지어 이사했는데 시간 되면 놀러 오라는 초대 전화였다. 좋다고 흔쾌히 대답하고는 약속 날짜를 잡았다. '세상에, 부지런하기도 하지. 언제 또 집을 지었을까?'라는 생각과 함께 에너지 넘치던 지인의 모습이 떠올랐다.

아들의 심한 사춘기 앓이는 우리를 기러기 가족으로 만들었다. 시부모님과 남편은 한국에, 두 아들과 나는 소위 유학이라는 핑계로 캐나다행 비행기에 몸을 실었다. 그렇게 밴쿠버살이가 시작되었다. 그야

말로 산도 설고 물도 선 타국에서의 생활은 녹록지 않았다. 준비하지 않고 갑자기 떠난 유학이었기에 더욱 그러했다. 언어의 장벽은 높기만 했다. 시간이 될 때마다 캐나다의 교회나 자치 주(州)에서 무료로 제공하는 ESL 코스를 다니며 영어를 익혔다. 그때 지인을 만났다. 아이들이 같은 학교에 다니고, 대화가 통한다는 그녀와의 교집합은 우리를 금세 친한 사이로 만들었다. 지인에게서 걸려 온 한 통의 전화는 잊고 있었던 지난날을 소환해 오기에 충분했다.

우연한 기회에 상담과 만나다

일 복(福)까지 많은 나는 밴쿠버에 도착하고 채 일주일도 지나지 않아 한글학교 교사가 되었다. 선생님 중 한 분이 갑자기 학교를 그만두신 것이다. 아이들 학교 데려다주랴, 그곳 문화 익히랴 바쁜 나날을 보냈다. 그렇게 6개월쯤 지날 무렵이다. 같이 근무하는 윤 선생님이, 좋은 프로그램이 있으니 같이 들어 보지 않겠느냐고 제안해 왔다. 윤 선생님은 5년 전 이곳으로 이민 온 분이어서 현지 소식을 잘 알고 있었다.

"선생님, 다음 달부터 밴쿠버 교육청에서 <가정폭력>에 대한 상담 프로그램을 무료로 연다는데 같이 가실래요?"

수업은 1년 코스로 일주일에 한 번 출석하면 된다고 했다. 더구나 무료란다. 솔깃했다. 그러나 자신감은 바닥이었다.

"가정폭력 프로그램요? 영어도 못 하는데 제가 어떻게요."

기어들어 가는 목소리는 정중한 거절이었다.

"저도 영어 잘 못 하는데 선생님하고 같이 들으면 좋을 것 같아서요. 저랑 같이 가세요."

당시 한글학교 교사가 8명이었는데 나를 선택해 준 것이 고맙고, 영어를 배울 좋은 기회인 것 같아 고민 끝에 용기를 냈다.

상담과의 인연은 그렇게 시작되었다. 부끄럽게도 나는 그때까지 상담에 대해 1도 알지 못했다. 내게는 전혀 필요치 않은 영역이라고 생각할 만큼 무지했다. 프로그램은 제법 유익했다. 물론 영어를 제대로 알아듣지 못해서 뭐가 뭔지 자세히 알지는 못했지만, 그림이나 VCR 등 시청각 자료를 활용한 교수진의 다양한 수업 방식은 감(感)으로도 알아차릴 만큼 정교했다.

그러던 어느 날이다. 상담의 기초 이론을 끝내고 가정폭력에 대한 수업이 있는 날이었다. '가정폭력은 지구 어느 곳에도 존재해서는 안 된다.'라는 교수님의 조용하지만, 힘 있는 강의에 이어 VCR을 보았다.

순간, 윤 선생님과 나는 고개를 떨구고 말았다. 화면 속에서 치고받고, 던지고, 욕하는 부부가 우리나라 부부들이 아닌가? 얼굴이 화끈 달아올랐다. 주변 수강자들이 우리 둘을 흘깃흘깃 보는 것만 같아 어떻게 수업이 끝났는지도 몰랐다. 수업이 끝나고 윤 선생님과 나는 교수님을 찾아갔다. 우리의 불편한 마음을 전하고, 그 자료 대신 다른 자료를 쓰면 좋겠다고 정중하게 말씀드렸다. 고맙게도 교수님은, 미처 생각하지 못해 미안하다며 다른 것으로 대체하겠다고 했다. 외국에 나가면 모두 애국자가 된다고 한다. 우리도 그랬다. 윤 선생님과 나는 안 되는 영어로 우리나라를 대변하면서 슬프게 웃고 있었다.

영어가 익숙지 않아 이런저런 시행착오도 겪었다. 듣는 건 눈치껏 듣는다. 하지만 말하는 건 쉽지 않아 내 마음을 제대로 표현하지 못할 때가 많았다. 문장은 고사하고 단어 하나로 소통하는 경우가 허다했고 굳어진 혀도 걸림돌이었다. 쇼핑몰에서 건전지를 살 때의 일이다. '배터리'를 사려고 한다고 말하자 점원이 고개를 갸우뚱했다. 이번에는 혀를 한껏 굴려 '배러리'라고 했지만, 결과는 마찬가지였다. 결국 'battery'라고 손바닥에 써서 보여 준 다음에야 소통한 적도 있었다. 그렇게 서투른 영어로 1년 과정을 마쳤다. 상담이, 역기능하는 상황을 순기능하게 만드는 중심에 있다는 사실을 그때 알게 되었다. 금방이라도 파국을 맞을 것만 같은 부부, 가족 간의 갈등이 상담을 통해 달라지는 건 마법처럼 신기했다. 칼 로저스(C. Rogers, 1980)의 이론처럼 상담은, 훈련받은 상담자와 도움을 받고자 하는 내담자를 연결 짓는 상호작용 과정을 경험하게 한다. 상담자는 내담자의 감정을 수용하고 명료화하고 허용하며, 내담자가 스스로 자기를 이해하고 발전하도록 도와주는 것이라는 사실도 알게 되었다.

심리상담사가 나를 성장시키다

세월은 허공을 향해 쏘아 올린 화살과도 같아 3년이라는 시간을 단숨에 뛰어넘었다. 감사하게도 두 아들이 학교를 무사히 졸업하고 한국으로 돌아왔다. 몸도 마음도 여유로워지자, 의미 있는 삶에 대해 고민하게 되었다. '무엇'을 할지 고민하다가 밴쿠버 교육청에서 배운 상담 프로그램을 떠올렸다. 이어 '어떻게'를 생각하며 방향성을 찾는 데 몰두했다. 그 결과 이듬해 대학원에 진학하여 심리학을 공부했다. 덕분에 중·고등학교에서 상담교사로 근무할 기회도 얻었다. 학교 은퇴 후 다소 늦은 감은 있었지만, 가족상담 박사에 도전, 학위도 받았다. 그렇게 난 심리상담사가 되었다.

상담을 시작한 지 어느덧 10년이 훌쩍 넘었다. '무엇'과 '어떻게'를 고민하고 실천했던 서사가 한눈에 펼쳐지는 듯하다. 그동안 상담을 통해 다양한 내담자를 만났다. 그들의 다이내믹한 사연을 듣고, 문제를 해결하고, 같이 고민하는 동안 내담자의 변화와 성장을 경험했다. 그러나 무엇보다 중요한 것은 나의 성장이다. 오늘도 상담실로 향한다. 훗날 또 얼마나 많은 성장을 경험할까, 설렘이 가득한 경쾌한 발걸음이다.

운명의 수레바퀴

..

정승민

가만히 라디오에서 흘러나오는 노랫소리를 따라 흥얼거려 본다. 그 시절 좋아하던 그 노래는 나에게 위로를 줬다. 그 순간만큼은 오롯이 나만을 위한 소중한 선물 같은 시간이었다.

학창 시절 한동안 작사를 하겠다며 노트 한가득 끄적이던 시절도 있었다. 이제 와서 노트를 뒤적여 보니 지금과는 다른 그 시절의 풋풋한 감정들이 고스란히 담겨 있다. 하지만 정말이지 불현듯 밀려오는 부끄러움은 오로지 나의 몫이다.

지난날 나는 살아오면서 있는 그대로 나를 표현하지 못하고 살았다. 어쩌면 저 끄적였던 글귀 하나하나가 그 시절 유일한 나의 감정을 표현하는 방법이었는지도 모른다. 그저 순간순간의 감정을 하얀 종이

위에 끄적여 보는 것 그것뿐이었다.

　나의 10대와 20대는 불안의 연속이었다. 경제적인 불안, 미래에 대한 불안, 진로에 대한 불안, 무엇보다도 나를 제일 두렵게 만들었던 것은 스스로에 대한 불확신이었다. 나를 이 불안에서 헤어날 수 없게 만들 것만 같았다. 모든 것이 두려웠다. 불안이 나를 삼켜버릴 것만 같았다. 어느 날 갑자기 공황발작이 찾아왔다. 심장이 너무나도 빠르게 뛰어 숨이 가빠 숨을 쉬는 것이 힘들었고, 곧 심장이 터져버릴 것만 같았다. 또 팔과 다리에는 뱀이 기어다니는 것 같은 소름 끼치는 고통이 찾아왔다. 이럴 때면 앉지도 서지도 못하고 안절부절못하며, 그저 이 고통이 끝나기만을 기다려야 했다. 이러다가는 정말 죽을 것 같았다. 살기 위해 발버둥 쳤다. 나는 닥치는 대로 도움을 요청할 만한 곳들을 찾아보기 시작했다. 나의 절박함이 하늘에 닿은 것인지 마침내 내게 기회가 왔다.

　집단상담이었다. 처음 접하는 내게는 모든 게 낯설었다. 모르는 사람들 틈에 뻘쭘하게 앉았다. 각자의 별칭을 지어보란다. 한참을 고민했다. 고민 끝에 정한 나의 별칭은 '진솔'이었다. 그렇게 나는 집단상담을 하는 내내 '진솔님'이라 불리었다. 뭔가 별칭처럼 진솔해야 할 것 같았다. 그래야 할 것만 같았다. 하지만 쉽지 않았다. 다른 사람들의 이야기를 열심히 들었다. 집단상담 첫날 나는 그저 내 이야기는 목구멍 뒤로 가둔 채로 귀만 열어두었다. 집단원의 이야기, 행동 하나하나 놓칠세라 그들을 쫓는 나의 눈동자도 귀도 바빴다. 그들 안에서 나는 그동안 한 번도 겪어보지 못한 경험을 했다. 여러 회기의 집단 상담을 하며 그 집단에 스며들었다. 나도 그들과 하나가 되고 싶었다. 소속감, 동질감은 나에게 안정감을 주었다. 어느새 인가 나도 모르는 사이 그들과 하나가 되었고, 울고 웃었다. 그동안 꾹꾹 눌러 가슴속 깊이 쌓아두었던 해묵은 감정들을 쏟아내었다. 후련했다.

'나와 그동안 함께했던 그 감정들은 무엇이었을까?', '무엇이었길래 이토록 질기게 나를 따라다닌 걸까?'

의문이 생겼다. 그토록 나를 괴롭혀 왔던 그 감정들을 떨쳐내고 본래의 '나'를 만나고 싶어졌다.

'이제 진짜 나를 찾아볼까?'

운명처럼 끌렸다. 새롭게 변화될 나를 만날 기회가 온 것 같았다. 이 기회가 날아가기 전에 어떻게든 잡고 싶었다. 지금까지의 나와는 다른 나를 만나고 싶었다. 그럴 수 있을 것만 같았다.

무작정 심리상담 센터를 찾아 들어갔다. 간단한 안내를 받고 심리 검사를 했다. 당시엔 무슨 검사인지도 모르고 마치 시험을 보듯 답을 표시해 내려갔다. 상담을 위해 상담사 선생님과 마주 앉았다. 초조함과 긴장감이 밀려왔다. 순간 상담사 선생님의 나긋하고 부드러운 목소리가 귓가에 들려왔다. 긴장되었던 마음이 좀 진정되는 것 같았다. 선생님은 내 이야기에 귀 기울여 경청해 주었고, 공감해 주었다. 나 자신조차 의식하지 못했던, 애써 자신을 속이며 외면했던 '나'를 알아채고 위로해 주셨다. 집단상담 때 느꼈던 그것과는 또 달랐다. 오롯이 나에게 집중할 수 있었다. 그날, 나 자신조차도 해주지 못했던 따뜻한 위로를 상담사 선생님을 통해 들을 수 있었다. '어라? 저 따뜻한 말 한마디를 왜 그동안 나 자신에게 해주지 못했지?' 스스로 너무 가여워지는 순간이었다. 그 순간 내 안의 내가 보였다. 그제야, 저만치 멀리에 지난날 돌보지 못한 내가 보이기 시작했다. 그동안 그토록 애써 회피해 왔던 나 자신과의 직면이었다. 두려웠다. 하지만 이젠 더 이상 모른 척 자신에게서 도망가고 싶지도 숨고 싶지도 않았다. '그래, 부딪혀보자! 무엇부터 해야 하지?' 할 수 있는 것을 찾아보기로 했다. '그래, 나를 사랑해 보자.' 이제는 나를 위한 삶을 살아봐도 괜찮겠다 싶었다. 그렇게 나는 나를 아껴주고, 사랑하기로 결심했다.

"고맙다! 고맙다!", "괜찮다! 괜찮다!" 하루에 몇 번이고 자신에게 말했다. 거울을 볼 때마다 "이쁘다! 이뻐!"라며 자신에게 속삭였다. 나 자신을 칭찬하고 위로했다. 생각이 나는 대로 나의 장점들을 나열해 보기도 하고, 하고 싶은 일들을 꾹꾹 눌러 번호를 매기며 적어보기도 했다. 그러던 어느 순간 나도 모르는 사이 세상이 밝아진 것만 같았다. 희뿌옇던 나의 눈이 맑아지고, 꽉 막혔던 콧구멍이 상쾌해진 것 같았다. 그렇게 어느새 아름다운 세상이 나에게 성큼 다가왔다.

한동안 나만을 향해 있던 시선이 다른 이들을 향하게 된 것도 그

즈음부터였다. 내 안에 갇혀 지낼 때는 보지 못했던 새로운 것들이 보이기 시작했다. 행복한 일을 하고 싶었다. 내가 잘할 수 있는 일, 보람을 느낄 수 있는 그런 일을 하고 싶었다. 위로하고 희망을 주고 싶었다. 아팠던 그 시절이 나에게도 있었기에 나와 같은 사람들에게 위로가 되고 싶었고, 희망이 되고 싶었다. 그렇게 나는 심리상담사가 되기로 결심했다. 하지만 그 과정도 결코 순탄치 않았다. 그렇지만 여러 현실적 상황과 타협하면서도 이번 목표만큼은 결코 놓고 싶지 않았다. 그렇게 먼 길을 돌고 돌아왔다.

"선생님, 감사합니다. 지금까지 그 누구도 저에게 이렇게 말해 준 사람은 없었어요."

연신 눈물을 훔치며 내게 감사 인사를 하던 내담자가 오랫동안 기억에 남아있다. 나의 말 한마디가 상대에게 위로가 된다는 것이, 나의 말 한마디가 다른 이에게는 희망이 될 수도 있다는 것이 무척이나 감사했다. '오래전 그 상담사 선생님도 이런 마음이었을까?'지금에서야 뒤늦은 감사 인사를 해본다.

어릴 적 나의 꿈은 운동선수였다. 한창 아이돌이 생겨나던 중학교 시절, 나는 가수와 뮤지컬 배우를 꿈꿨다. 고등학교 땐 특수교사가 되고 싶었다. 학창 시절 꿈꾸던 장래 희망들을 이러저러한 여러 이유로 이루지는 못했지만, 그때의 그 시절 꿈을 위해 도전했던 그 열정이 있었기에 나는 새로운 무언가에 도전하는 것이 두렵지 않았다. '좀 더디 가면 어때? 내가 할 수 있는 만큼씩 해보자!' 나는 아직도 테니스도, 클라이밍도 하고 싶고, 보컬 트레이닝을 받으며 발성법도 익히고 작곡하는 법도 익히고 싶다. 이왕이면 악기도 하나 더 배워보고 싶다. 그리고 가수의 꿈을 이루지 못했지만, 나만의 노래로 음반 제작도 해보고 싶다. 이외에도 호기심 많고 배우기 좋아하는 나에겐 수많은 버킷리스트가 있다. 매 순간 과거 이루지 못한 것들을 하나하나 이루어 가는 것이야말로 내 안에 해결되지 못한 과제를 하나씩 해결해 가는 것은 아닐까? 이 또한 나에게 있어 치유의 과정이 아닐까? 생각해 본다.

나는 매일매일을 심리상담사가 되기로 다짐한다. 어제보다 나은 오늘의 심리상담사, 오늘보다는 더 나은 내일의 심리상담사가 되기를 결심해 본다.

그렇게 나는 매일매일 성장할 수 있는 심리상담사를 꿈꾸고 있다.

마치 나의 수많은 버킷리스트가 아직 현재진행 중인 것처럼…….

상담사의 길로 들어서며

..

정재익

　사람의 목숨에 대해 많은 생각을 한다. 정말 답이 보이지 않던 그 안개 속에서 나를 이끈 여동생에게 평생 감사를 하며 지내고 있다. 빛이 보이지 않던 나를 이끈 여동생처럼 이것이 바로 상담사가 반드시 존재해야 할 이유이기도 하다. 상담자로 상담하게 된 이유를 생각해 보면, 결국 그 고통으로부터 탈출하고 싶었고, 내가 살기 위해 이 길로 들어섰고, 내가 직접 상담받고, 공부해 보니 나처럼 이러한 상황을 겪고 있는 이들에게 도움도 드릴 수 있겠다가 그 출발이었다.

　'상담한다' 아니 '상담에 대해 매일 고민할 수 있다'라는 것은 참으로 복된 것이라 생각한다. 계속 고민하고, 배우며, 매일 성장하는 것을 의미하기 때문이다. 처음부터 쉬운 것은 없다는 것을 알 것이다.

나 또한 그랬다. 하지만 놓을 수 없었던 것은 간절함이었고, 흐느낌이었다. 삶을 그냥도 살아갈 수 있지만, 상담이라는 세계에 뛰어들어 바라본 세상은 나에겐 완전히 다른 새로운 시작이었다.

1987년 누군가가 상담 공부 해보겠냐고 여러 번 제의했지만, 그때는 그게 어떠한 세상인지 정말 진심으로 알 길이 없었다. 이미 기회는 그때 왔지만 준비되지 않았고 몰라서 잡지 못했다. 준비된 자만이 기회가 왔을 때 그것을 바로 알아채고 할 수 있다. 그때보다는 늦은 것은 맞지만, 나는 지금이라도 이 일을 알고 사랑하고 있다는 사실에 만족한다.

나는 살면서 적지 않게 다양한 일을 경험했다. 그런 수많은 일들이 상담에서 빛을 발할지 그때는 정말 몰랐다. 세상의 것을 모두 경험하고 상담자가 될 수 있는 것은 아니지만, 많이 보고 경험한다는 것은 상담에서 많은 도움이 되었다. 세상의 경험엔 귀천이 없으며, 모두 피와 살이 된다. 한마디로 버릴 것이 없다는 것이다. 다만 그 경험의 참 가치를 알고 발견하려 노력할 때만 우리 앞에 등장한다.

나는 결국 내가 처음 상담한 센터에 가서 아버지 같은 상담자에게 '대상관계이론'을 배웠고, 다른 상담 센터에 가서 어머니 같은 상담자에게 '현실치료 이론'을 공부하기 시작했다. 무엇이든 시작하기 전에는 이러한 학문과 이론이 있다는 것조차 알기 힘들었다. 배움을 통해 매일 성장하는 나를 발견하게 되었다. 석사 박사 공부를 거치며, 전국을 다니며, 상담 공부를 하게 되었다. 중간에 학습하는데 엄청난 수업료 때문에 고생도 하였으나, '진실로 이것을 원하면, 기적처럼 문제가 해결된다.'라는 스승의 말씀을 따라 포기하지 않고 이 길을 지키기 위해 노력했더니 길이 보이기 시작했다. 나는 나를 살리고, 사람을 살리고, 사람들이 제대로 숨 쉬는 방법을 터득할 수 있도록 다양한 공부를 가리는 것 없이 배워나가기 시작했다.

공부하는 동안 시간이 지나고 책도 점점 쌓이고, 수많은 부교재가 집에 넘칠 무렵, 나는 나에게 가장 맞는 상담, 즉 맞춤형 상담을 하기 위해 노력해야겠다는 생각이 들었다. 아무리 많은 자료가 있어도 그것을 배우기만 하고, 실제에 쓸 수 없다면, 그리고 내담자들에게 큰 도움을 줄 수 없다면, 그간 공부한 시간과 노력은 아무것도 아닌 게 된다는 절박함이 있었다.

상담에 대해 더 공부할 게 많다는 게 정말 신이 나고, 이미 가진 자료를 통해 무언가 한곳으로 모아서 내가 쓸 수 있게 '통합 및 맞춤형 상담'에 대해 이 무렵부터 고민하기 시작하였다.

수많은 교재를 워드로 바꾸는 작업을 하였고, 같은 주제인 부분을 하나로 통합하여 재정리하는 작업을 하였다. 내가 상담하는 데 필요한 부분이 무엇인지 알게 되었고, 필요한 부분을 정리하는 시간을 가질 수 있음에 작업을 통해 진심으로 감사할 수 있는 시간을 가지게 되었다.

자료가 없어 상담 못 하는 것은 아니다. 차고 넘치는 책과 자료가 있어도 적재적소에 사용할 수 없다면 무용지물이 아니겠는가? 책을 분류하고 그것이 어디에 어떻게 쓰일 수 있을지 목록화하는 작업이 필요하였다.

지금도 수많은 대학원에서 상담사를 배출하고 있다. 그분들과 차별화할 수 있는 나만의 상담이 절실했다. 아는 만큼 볼 수 있기에 끊임없는 수행을 통해 상담자로 필요한 온전한 능력을 갖추고 싶다. 어느날 내게 찾아오시는 내담자들 머리 위로 상상의 드론을 띄우고, 입체적으로 내담자를 다각도로 관찰하여 내담자에게 더 효율적인 접근을 하고 싶다. 매일 노력하고 향상하고 있어야 한다. 그래야 나를 찾는 내담자에게 더 많은 것을 보여 줄 수 있다. 그러하기에 내가 나의 게으름으로 내담자를 곤란한 상황에 빠뜨려서는 안 된다는 것이다.

지금부터는 상담하는 상담사의 마음에 대해 적어보려 한다. 상담사마다 생각이 다 다른 이유는 어떤 스승 아래서 공부했는가에 따라 많은 영향을 받는다. 어떤 상담기법을 활용하며, 어떤 곳에 비중을 두고 상담하느냐에 따라 주장하는 스펙트럼이 참으로 다양할 것이나 이곳에서는 내가 경험하고 생각하는 바에 대해 기록해 보려 한다.

상담은 또 하나의 소우주를 대하는 일이다. 모든 상담은 상대의 과거와 현재 그리고 미래를 만나러 가는 일이기에, 상대를 수용하려 나를 열어두는 것부터 시작된다. 내담자가 하는 모든 행동에는 그 이유가 존재한다. 그 어느 것 하나도 놓칠 수 없는 소중한 힌트이기에 상담자는 내담자를 향해 온전히 집중해야, 비로소 감히 상대를 만날 수 있다.

나는 솔직히 이러한 역할을 할 수 있는 현재의 나 자신이 기쁘다. 그분들이 힘들어하는 헝클어진 실타래를 한 올 한 올 함께 풀어 가다 보면, 그분들의 성장을 가장 가까이에서 만나고 체험할 수 있기 때문이다.

다양한 채널에 의해 놀라운 인연으로 내 앞에 나타나는 내담자를 보며, 먼저 감사한다. 이러한 소중한 문제를 통해 더 함께 성숙할 수 있기 때문이다. 또 다른 내담자가 이러한 유형의 문제로 힘들어할 때, 이미 경험해 본 상담 유형이라 보다 넓은 시각으로, 빨리 더욱 효율적으로 접근하여 큰 도움을 받을 수 있기 때문이다.

중요한 사실은, 상담하겠다고 의사를 밝힌 사람들은 그래도 내적이 힘이 있기에 상담자와 만나고 시간을 정한다는 사실이다. 그분들은 무언가 기대하고 오셨다는 사실부터 상담이 출발해야 한다는 사실을 꼭꼭 기억해야 한다.

내담자가 선물인 이유는, 그분들을 통해 나를 크게 반성할 수도 있으며, 그분들의 모습에서 내가 변해야 할 부분도 제대로 알아차리고, 실제 바꾸어 나가기도 하기에 진심으로 많이 배울 수 있었던 시간이기 때문이다.

상담하며, 다양한 연령대의 내담자를 만나게 된다. 출생으로 시작하여 어린아이에서 노인 그리고 죽음에 이르기까지, 생애별 주기를 모두 경험할 수 있었다.

각 연령대의 내담자들을 보면 주기별로 이다음 시기에는 어떤 일이 전개될 것인지, 다양한 연령대의 내담자들과의 만남과 이를 통해 얻은 경험에서, 통계를 바탕으로 한 예측도 되기에, 앞으로 다가올 일들에 대해 미리 이야기를 나누고, 미리 방지할 수도 있다. 통합적인 관점에서 접근하기 위해 참으로 끝도 없는 수업료를 치르지만, 매일 성장하는 만큼 더 많은 것을 내담자와 공유할 수 있기에, 매일 공부를 해야만 한다. 배움은 하루 24시간 어디서든 일어난다. 무엇을 보더라도 상담과 관련하여 재해석하며 보다 보면 내담자에게 녹여 낼 수 있는 수많은 정보를 모을 수 있다.

상담사가 되기 위해 대학원 과정을 공부를 준비하는 이들에게 꼭 하고 싶은 두 가지가 있다.

첫째, 상담 공부에서 늦은 나이는 없다. 어떤 나이든 진입이 가능하다. 자신의 아픔을 해결하기 위해 상담 공부를 시작하는 사람은 현명하다. 힘든 일 묻어 두지 않고, 정면으로 마주하여 자신을 알아 가는 과정은 소중하다. 둘째, 상담 공부는 버릴 게 없는 학문이다. 자신을 먼저 알아 가고 '나'를 먼저 분석할 줄 알아야 다른 사람도 살필 수 있다. 상담 공부는 나를 위한 공부를 하고 여유가 생기면 타인도 덤으로 도울 수 있는 학문이다. 너와 내가 평화롭게 공존하는 것을 배우는 학문이기에 자부심과 사명을 갖고 도전해 주길 희망한다.

나에게 어울리는 옷

··

최지원

무언가를 시작할 때마다 뚜렷한 동기가 없으면 흥미를 느끼지 못했다. 동기가 뚜렷해야 흥미도 생기고 공부할 맛도 일할 맛도 난다. 상담사가 되기로 한 계기나 동기가 뚜렷하지 않은 나였다. 그래서 두 번째 장은 시작이 어려웠다. 두 번째 장을 써놨다가 다시 쓰기를 반복했다. 상담사가 되는 길의 첫걸음을 떼기 전 내 마음은 이랬다. 내 마음도 복잡하고 잘 모르겠는데 남의 마음을 헤아려야 한다니 참으로 어렵게 느껴졌다. 내 길이 아니라고 생각했다. 마음을 치유하고 성장할 수 있도록 도와 행복한 삶을 살 수 있도록 돕는 안내자 역할을 해야 한다. 시작의 한 걸음을 떼기가 두렵고 무서웠다.

상담사가 되기 전 회사원과 영어학원 강사라는 두 가지 직업을 가졌었다. 회사원에서 영어학원 강사로 일하다가 출산과 육아로 다른 직업을 고민하고 있을 때 지인의 권유로 상담대학원에 진학하게 되었다. 물론 그때는 상담사를 목표로 대학원에 가지는 않았다. 그렇게 첫 학기 첫날 전체 대학원생들과 교수님들 앞에서 자기소개 시간을 가졌다. 대부분 뚜렷한 동기와 목표를 가지고 온 사람들이었다. 상담 관련 일을 하고 있어서 더 발전하기 위해 석사학위를 받으려고 오신 분, 심리적 어려움이 있어서 치유하러 상담을 받으러 다니다가 상담에 관심을 가지게 되어 더 깊은 공부를 하게 된 경우, 제2의 인생을 상담사의 길을 가려고 오신 분, 상담사 자격증을 취득하고 전문상담사가 되려고 오신 분 등 대부분이 대학원 이후 자신의 목표와 걸어갈 길을 구체적이고 현실적으로 생각하고 왔다. 그에 반해서 나는 동기도 목적도 없었다. '지인이 권유해서 왔다'라고 이도 저도 아닌 진학 동기를 말했다. 내가 한심하게 느껴졌다.

매주 수업 시작할 때 '무엇이 좋아졌습니까?'라는 질문을 전체 학생들에게 물어보시는 교수님이 계셨다. 대답하려고 하면 이상하게도 눈물이 났다. 그 자리에 와있는 이유조차 뚜렷하지 않고 억지로 강의실로 와 앉아있는 모습이 한심했다. 출산과 육아로 영어 강사를 포기하고 방황하다가 여기까지 왔다는 생각에만 몰입하다 보니, 또 다른 기회라는 생각은 전혀 하지 못했다. 그저 전공도 아닌 곳에 와서 낯설고 도망치고 싶다는 생각뿐이었다. 다행인 것은 무턱대고 입학해 놓고 갈 피를 못 잡는 나를 이해하고 지지해 주었던 동기생들이 있었다.

대부분 40대 후반에서 50대 초반으로 나보다 나이 많으신 언니들이었다. 공부에 대한 욕망은 20대를 능가했다. 삶의 연륜으로 언니들은 친근하게 나를 웃게도 해주고 열심히 학업을 해나가는 모습으로 나를 자극받게 해주었다.

"지원아. 너는 젊지 않니? 나는 열의는 있는데 머리가 안 돌아가." 라는 농담으로 나를 위로해 주었다. 그렇게 동기들에게 의지를 많이 했다. 외로움을 많이 타서 그런지 나는 사람들과 어울리는 것이 좋다. 정들고 좋아하는 사람 몇몇만 주변에 있어도 큰 힘이 난다. 월요일 하루를 9시간 꼬박 같이 공부하고 밥을 먹으며 그렇게 한 학기를 무사히 마칠 수 있었다.

전공 서적들의 내용에 점점 흥미가 생기고 재밌게 느껴졌던 것은 다행스러웠다. 하지만, 상담사는 끝없는 자기 수련과 공부가 필요하다는 걸 알아버렸기에 앞으로 해야 할 것들이 너무나 많고 나한테 어울리지도 않는다고 생각해서 1학기를 마치고 그만두려고 생각했었다. 상담학과를 권유해 주신 교수님께 그만해야 할 것 같다고 말씀드렸다. 이유를 물으시는 교수님께 "저는 삶이 순탄치가 않았고, 그래서 남의 이야기를 잘 들어 주지 못할 거고, 나도 아직 마음이 아프고 상처투성이고 감정조절이 잘 안되는 사람인데, 과연 남의 아픔을 치유하는 사람이 될 수 있을까 싶어서요."라고 답했다. 교수님은 "그렇게 힘들게 살았던 사람이 좋은 상담사가 될 수 있다"라고 말씀하셨다. 그때도 난 속으로 부정했다.

그리고 한 학기 다닌 것이 아까워 석사 과정만 마무리할 생각이었다.

그런데 학기가 더해지고 다양한 상담과목과 기법들을 겪으면서 나를 탐색하게 되고 내 안의 열등감, 불안, 우울 등이 드러나고, 그것들로부터 자유로워지며 나와 내 주변의 사람들까지 행복해지고 있다는 것을 깨달았다. 치유와 성장이 일어날 때마다 이건 뭘까? 내가 왜 이러지? 그런데 마음이 가벼워지고 남편과의 관계도 좋아지고 가정도 더 행복해짐을 느꼈다. 우리 가족들뿐 아니라 내 주변인들도 나의 변화를 감지했다. 부부관계가 힘들었던 친구가 어느 날 나에게 말했다. "네가 들어주고 공감해 준 것이 큰 도움이 되었다."라며 "상담 공부한 친구가 있다는 게 이렇게 좋구나. 덕분에 힘든 시기를 넘겼다."

그런 말을 들을 줄은 생각도 하지 못했다. 어디 가서 상담하는 거티 내지 말고 살아야지 했다. 그런데 나도 모르게 너무 주변 사람들에게 상담 모드로 대했나? 하는 생각에 살짝 부끄럽기도 했다.

자원봉사 상담으로 만났던 승우라는 친구도 내가 상담사가 되어야겠다고 마음먹게 해준 사람 중 하나다. 다문화 가족이었던 승우는 부모님 사이의 문제로 엄마는 고향인 베트남으로 돌아가시고 아빠는 병중으로 어쩔 수 없이 3년째 그룹홈에서 지내고 있었다. 그런 환경에서도 자신은 꿈이 있고 꿈을 반드시 이룰 것이라는 희망이 있다고 했다. 자신이 존경하는 축구선수가 한 말이라며 해주었다. '노력하면 실력이 된다.'라고 했다며 힘들 때 그 말이 힘이 된다고 했다. 참으로 부끄러웠다. 난 현재에 만족하지 못하고 늘 미래를 불안해하며 현재를 불평하던 사람이었고 도전을 두려워했다. 그런 내가 승우를 만날 때마다 긍정적인 에너지를 받았다. 환경이나 남 탓하지 말고 현재에 집중하고 노력해 보자고 말이다. 설렁설렁하며 하는 둥 마는 둥 하던 전문상담사 취득 과정을 집중하고 파고들었다. 일이 끝나고 집에 돌아와 저녁만 차려주고 아파트 지하에 있는 독서실에서 몇 달을 살았던 것 같다. 그렇게 전문상담사 자격증을 취득하게 되었다. 나름의 동기와 계기를 만들고 성취를 맛보니 희망이 보였다. 나도 상담사의 길을 계속 갈 수도 있겠다는 생각이 들기 시작했다.

'1만 시간의 법칙'을 말한 미국 콜로라도 대학교의 심리학자 앤더스 에릭슨이 어느 분야에 전문가가 되기 위해 매일 3시간씩 훈련하면 약 10년, 또는 하루 10시간씩 투자할 경우는 3년이 걸린다고 했다. 이제 5년 정도를 투자했으니 걸어 온 만큼을 더 채워간다면 나도 이 분야에 전문가가 될 수 있지 않을까 감히 생각해 본다.

돌이켜 보면 지난 5년이란 시간이 어떻게 흘러갔는지 모르겠다. 잠을 실컷 못 잤고. 여행을 실컷 즐기지 못했고, 눈이 나빠졌고, 몸을 돌보지 못했고, 가족들과 충분한 시간을 보내주지 못했다. 함께 견뎌 준 식구들에게 너무도 감사하다.

심리상담사도 마음 아플 때가 있습니다

제3장

마음과 마음이
닿는 시간

마음 공간은 쉼이며 연결이다

··

김명서

사람은 사람을 만나며 삶을 꾸려간다. 살아가는 동안 사람과의 관계에서 다양한 경험을 한다. 행복한 경험을 하기도 하고 마음이 힘든 경험을 하기도 한다. 힘든 경험은 몸과 마음에 흔적을 남긴다. 남겨진 흔적들은 살아가는 동안 삶에 영향을 준다. 감정에, 행동에, 생각에.

사람과의 관계에서 이 경험들은 커다란 영향을 미친다. 어렸을 때 사람들과의 경험이 어른이 되어서 만나는 사람들과의 경험으로 이어진다. 경험은 중요하다.

시골 마을에서 살았던 나는 초등학생 시절에 매년 가을 소풍을 같은 장소로 갔었다. 바로 학교 맞은편 산자락에 있는 고려시대에 지어진 절과 성터다. 그곳은 어린 시절 소풍을 갔던 추억의 장소이기도

하다. 점심시간, 엄마가 싸준 김밥과 사이다를 먹고 나면 담임선생님은 반 아이들을 한자리에 불러 모았다. 선생님은 주변에 모여 앉은 아이들을 휙 둘러보고 나서 보물찾기 종이가 숨겨진 위치를 알려줬다. 담임선생님이 호루라기를 입에 물고 '삐' 소리로 시작을 알려 주면 친구들은 '와' 소리를 내며 흩어져서 숨겨진 보물을 찾으려고 신나게 뛰어다녔다. 잠시 후 여기저기서 '찾았다!'를 외치는 소리가 들렸다. 나는 구석구석 둘러봐도 찾을 수가 없었다. 친구 옥자를 보았다. 옥자는 우리 집에서 한 집 건너 사는 친구다. 50 가구가 넘는 마을이었지만 또래 친구가 옥자와 숙이 두 명밖에 없었다. 집에서 숙이 집은 10분 거리였고 옥자 집은 2분 거리였다. 태어나 걸음 떼기 시작하면서 중학생 때까지 거의 매일 놀았던 친구가 옥자였다. 내 기억 속 옥자는 매년 보물찾기를 잘했다. 마칠 때쯤 옥자 손에는 서너 장의 보물찾기 종이가 쥐어져 있었다. 옥자 옆으로 가서 아무 말 없이 쓱 손을 내밀면 기다렸다는 듯 한 장을 건네주곤 했다. 종이를 받았지만, 옥자에게 고맙다는 인사를 한 기억이 없다. 내가 찾은 것이 아니라서 그랬는지 담임선생님에게 쭈뼛쭈뼛 종이를 내밀었다. 노트를 받아 제자리로 오는 몇 걸음이 그다지 신나지 않았다. 그런데 소풍에서 딱 한 번 보물찾기에 성공한 적이 있었다. 6학년 때였다. 그때 어찌나 기분이 좋은지 한 장 더 찾을 수 있을 것 같은 기대감에 나무 사이, 돌 아래를 들추며 돌아다녔던 기억이 난다. 결국 못 찾았다. 처음 찾은 보물찾기 종이를 옥자에게 자랑하며 종이를 흔들어 댔다. 지금도 나를 보며 빙그레 웃던 옥자 얼굴이 생각이 난다. 아무 말 없이 내 손에 종이를 건네주었던 내 친구, 옥자. 그때 나는 옥자 마음은 보지 못했다. 알고 싶지도 않았고 물어보지도 않았다. 보물찾기 종이를 찾지 못해서 속상해하는 나만 있었다. 옥자가 눈앞에 있는데도 보지 못하는 나였다. 그땐 어렸다. 몸도 마음도 어렸다.

마음 성장을 위해 배움을 멈추지 않는 나는 상담사다.

상담사로 일한 지 10년쯤 되었을 때 마음의 상처로 힘들어하는 학생들을 만났다. 아픔의 모양, 크기, 색상도 다르다. 이렇게 서로 다른 개성을 가진 학생들을 1년 동안 만났다. 한 명 한 명 개인의 모양과 크기를 존중하며 정성스럽게 다가갔다. 어느 날 지수 학생이 질문을 했다.

"선생님, 애들이 자거나 엎드리거나, 뜨개질하면 다른 선생님들은 화를 내는데 선생님은 왜 화를 내지 않아요?"

수업 시간에 집중하지 않고 딴짓하는 친구들을 보며 아무런 조치도 하지 않는 나에게 화가 난 모양인지 뾰로통하게 말했다. 수업 중 친구들이 집중하지 않는 모습을 보며 선생님 마음이 속상할까 살펴주는 마음도 보였다. 지수에게 살펴주는 따뜻한 마음에 감사 인사를 건네주었다. 지수는 나와 눈을 마주치며 나의 반응이 의외였는지 멈칫하는 모습이 보였다.

"너희들에게 화를 내지 않는 이유는 각자 행동에 이유가 있다는 것을 인정하고 각자 삶에서 살아가고자 애쓰고 있는 모습을 존중하기 때문이야. 미숙아, 너의 이야기를 해도 될까? (네). 미숙이는 뜨개질하면 자해하려는 마음이 조절된다고 선생님에게 말해 주었어. 자기 문제를 해결하고자 방법을 찾고 바꿔보려고 하는 미숙이의 의지가 대견하다고 생각해서 미숙이 마음을 응원해 주고 싶었어. 그래서 수업 시간에 뜨개질해도 뭐라고 하지 않은 거야. 우리는 각자 힘든 상황을 서로 알고 있어. 지금 눈으로 보이는 모습 말고 마음의 눈으로 서로를 바라보면 화를 낼 이유가 없지 않을까!"

학생들은 각자의 자리에서 생각에 잠기는 모습이 보였다.

일 년이라는 시간 동안 다가가고 거부하고, 다가가고 허락하고, 다가가고 다가왔다. 마지막 수업 날 친구들에게 일 년 동안 자신에게 일어난 변화가 무엇이 있는지 찾아보게 했다. 각자 변화를 찾아서 한 명씩 이야기했다.

"선생님 덕분에 자해를 줄였어요."

"선생님이 해주셨던 것들이 실제로 힘들 때 적용하면서 여러 가지 도움이 됐던 순간들이 많았어요."

"나를 한번 돌아보고 때로는 위로를 받는 시간이었어요."

"나쁜 말을 들어도 거기에 휘말리지 않고 이제는 혼자 스스로 참을 수 있게 되었어요."

"순간순간 힘들 때 배웠던 것들이 떠오를 것 같아요."

"심리학 수업을 선택해서 선생님을 만나 좋았어요."

학생들은 그 어느 때보다 진지했다. 나는 마지막 질문을 했다.

"그 변화는 누가 만들었을까?"

학생들은 한목소리로 대답했다.

"나요."

경험은 선택이고 스스로 바꿀 수 있다는 것을 스스로 말하고 있었다.

"그래, 바로 나, 자기 자신이야."

학생들은 빙그레 미소를 보였다. 나의 마음이 학생들 마음과 연결되어 이 순간을 함께 만들어 냈다는 생각에 가슴이 벅차올랐다. 교차하는 눈물을 보며 시간이 멈춘 듯 말없이 서로를 바라보았다.

마음과 마음이 만나는 공간에 충돌하지 않고 완충 역할을 해줄 수 있는 공감이 필요하다. 서로 연결된 공간 안에, 상대에 대한 신뢰와 사랑을 담아 바라본다면 이어지는 마음을 만날 수 있다.

나에게 하고 싶은 말 "고마워"

..

김미선

나는 상담 현장에서 많은 내담자를 만나며 생각했다. 독립된 생명과 인격으로 존중받는 삶이 인간에게는 매우 중요하다. 가장 안전하고 신뢰할 수 있는 부모로부터 받는 따뜻함이 중요하다. 든든한 내편이다. 하지만 현실은 다르다. 아이들은 거절과 거부, 버려짐의 감정을 수없이 느낀다. 그 감정이 현실이 될까 매 순간 불안감을 감추고 방어하며 살아간다. 다양한 행동적 특성을 보인다. 어른들은 이것을 문제로 바라본다. 고쳐주어야 한다고 생각해서 훈육이라는 명분으로 질책하고 비난한다. 아이들은 마음이 아픈 것인데 행동 뒤에 숨겨진 마음을 바라봐 주지 않는다. 어린 마음은 마음을 달랠 방법을 몰라 잊으려 안간힘을 쓴다. 그럴수록 더 힘겹다. 불안하고 두려운 감정을 이겨내기 위한 몸짓이 문제행동이다. 모든 인간이 아픔을 이겨내는 방법이다. 우리는 약한 존재이다. 감정에 무게와 크기가 너무 커 스스로 감당하지 못해 도와달라 괴성을 지른다. 타인과 자신을 공격하는 것으로, 내담자들이 할 수 있는 최선의 표현 방법일 것이다. 그러나 가족의 눈에는 아픔으로 보이지 않는다. 가족 또한 아픔의 무게에 지쳐있기 때문이다. 내면의 아픔의 무게만큼 서로에게 비난과 공격을 하며 상대의 탓으로 외면한다. 나는 내담자들의 폭풍우와 같은 내면의 아픔과 만날 때마다 모질게 아픔을 견뎌낸 그분의 힘과 에너지에 경이로움마저 느낀다. 그런 자신 안의 힘을 인식하고 자신을 측은함과 자비의 마음으로 끌어안아 줄 수 있도록 돕는 것, 상담자인 내가 할 수 있는 전부이다.

어느 날 별님을 만났다. 별님은 불면증과 공황장애, 알코올 의존으로 약물치료를 하고 있었다. 하지만 감정적 무게가 너무 힘겨워 상담소를 찾아왔다. 별님 내면에 핵심 감정은 버려짐이었다. 어린 시절부터 버려지지 않으려 아버지의 폭력을 겪으면서도 그 곁을 지켜왔다. 시간이 조금 흐른 뒤 폭력의 두려움을 견디지 못한 엄마는 어린 자녀를 두려운 존재인 아버지의 손에 남겨두고 아이 곁을 떠나갔다. 어린 아이는 떠나는 엄마를 잡지 못했다. 그것이 엄마를 위해 자신이 할 수 있는 최선이라 생각했다. 엄마에게 "잘 가"라고 마지막 인사를 했다. 하지만 어린아이 마음속에는 "엄마 가지 마, 나 무서워"라는 말과 함께 '엄마가 날 버리는구나!'라는 생각과 감정이 무력감으로 마음에 생채기를 냈다. 별님의 외롭고 공허한 감정을 위로하고 달래준 것은 그림이었다. 중학 시절부터 끄적끄적 그리기 시작했는데 고등학교 담임선생님께서 그림에 소질이 있다며 미대에 가도록 권유했다. 별님은 꿈이 생기고 욕구가 생겼다. 아르바이트하며 학원비를 벌어 미술 학원에 다니며 미대를 준비했다. 하지만, 청소년기 학생이 감당하기에는 너무 버거웠다. 별님은 자신이 할 수 있는 것을 선택했다. 전문학교를 졸업한 후 취업하기로 마음먹었다. 별님은 스스로 자신의 꿈과 욕구를 꺾어야만 했다. 상실이다. 나와 너무 닮아있는 내담자이다. 내가 나를 안아 주지 못했듯 별님도 자신을 안아 주지 못하고 비난과 "더 잘해야 한다"라며 채찍질하고 있었다. 그 아픔의 깊이를 알기에 안아 주고 싶었다. '이제, 그만 아파해도 된다고…'

별님은 성인이 된 후 자신답게 살고 싶었다. 취업 후 일한 만큼 능력을 인정받으며 직장생활을 했다. 처음 경험한 인정과 존중이었다. 자신감 있게 살아가고 있다고 생각했다. 하지만 마음의 공허함과 외로움은 오래된 가뭄으로 땅이 갈라진 것처럼 아팠다. 마음의 따뜻함과 촉촉함이 필요했다. 그때 다가온 사람과 결혼하기로 마음먹었다. 그의 내면의 아픔을 보게 되었고 그 아픔을 함께 공유하고 싶은 측은한 마음과 강한 연민이 느껴졌다. 자신의 사랑으로 아픔을 치유하고 싶은 구원적 사랑을 꿈꾸게 되었다. 별님은 진정한 사랑이라 생각했다. 그리고 결혼을 선택했다. 하지만 사랑이라 느꼈던 연민은 어느새 남편의 폭력을 견뎌야 하는 무서운 무력감으로 변하게 되었다. 사랑하는 아들을 낳았지만, 폭력이 공포로 다가와 벗어나고 싶었다. 자신의 엄마와 같은 선택을 하고 말았다. 수치심과 죄책감으로 치를 떠는 삶을 살아야 했다. 어두운 밤을 눈물로 지새운 날들이었다. 누군가에게 이 마음을 털어놓기도 두려웠다. 죄책감을 이겨내기 위해 스스로 감당해야 할 무게라 생각했다.

별님은 임상 현장에서 어린 시절 자아와 만날 때마다 호흡이 거칠어지며 거의 실신하듯 고통스러웠다. 엄마와 헤어지는 순간을 작업할 땐 온몸을 떨며 거친 호흡과 쓰러져 통곡하며 우는 모습이 가슴 깊이 아팠다. 다가가 별님을 안아 주었다. 별님은 어린아이처럼 나에게 안겨 울기 시작했다. "선생님, 저, 잘 살아왔죠?"라며 울부짖으며 물었다. "그럼요, 너무 잘 살아왔어요. 생명을 잘 보존하고 아이의 생명도 잘 지켰잖아요. 이걸로 충분해요. 이제 아파하지 말아요. 이제 안전합니다."라고 말하고 그를 안아 주었다. 내 내면의 자아도 치유되는 감정을 느꼈다. 10분 정도 시간이 흐르자 "감사합니다."라고 말하며 "처음 느끼는 편안함이었습니다."라고 이야기하고 옷매무시를 가다듬었다. 이 짧은 문장의 힘이었다. 그토록 듣고 싶던 "잘 살았다"라는 지지의 말 한마디, 그것이면 별님에겐 충분했다. 나 또한 아픈 시절에 어떤 큰 위로보다 "괜찮아"라는 지인이 전해준 이 짧은 단어가 내 모든 아픔을 지워 주는 감정을 느꼈다. 그리고 다시 일어섰던 기억이 있다. 상담자가 된 지금 나의 삶에서 경험한 쓰나미와 같은 아픔은 내담자의 아픔의 깊이와 넓이를 받아내는 우물인 것 같다.

상담자와 내담자는 성장통을 함께하는 멘토와 같다. 상담자는 내담자를 보며, 내담자는 상담자를 통해 내면의 힘을 키워가는 과정이다. 그 현장에서 단단하게 서서 버텨주는 것이 상담자가 할 수 있는 최선의 배려라 생각한다. 내담자들은 마음의 아픔을 함께 나누고 함께 아파해 줄 그 누군가가 필요했을 것이다. 그 대상이 부모이기를 바랐을 것이다. 어린 시절엔 부모의 언어, 정서, 신체적 학대가 가장 아프다. 성장하면서 '나의 아픔'을 외면하는 '나'로 인해 아프다. "'화해'란 무엇일까? 항상 질문한다. 진정한 화해란 상처 입은 나를 외면하지 않고 바라봐 주는 것, 수용하고 안아 주는 것이다. 고통의 깊이만큼 가슴 깊이 "많이 아팠지? 고마워, 지금 내가 있는 건 네 덕분이야."라고 아프고 미성숙한 내 자아를 내 삶의 일부로 기꺼이 받아들이는 것이다. 별님도 아픔을 직면하며 버림받았던 어린 자아를 자신에 일부로 미워하지 않고 인정하는 과정을 통해 단단하게 일어설 수 있었다. 마음을 다해 박수를 보내고 싶다. 상처 입은 치유자로 내담자들에게 다가가고 싶다. 더 이상 아픈 나에게 삶의 주도권을 넘기지 말고 당당하게 살아가라 응원하고 싶다.

몸이 치유한다

..

김성례

나의 형제는 다섯 남매다. 그러나 다섯 남매가 맞나 싶다. 사 남매로 살아온 지 30년의 세월을 보냈다. 넷째 여동생이 고등학생이 되던 3월에 가출했다. 가출 3년 만에 동생이 집에 돌아왔을 때 동생은 교통사고로 골반을 많이 다쳤다. 할머니가 동생의 대소변을 받아 가며 간호했다. 병원에 있는 동생에게 왜 집을 나갔냐고 물었다. 동생의 꿈에 하얀 옷을 입은 어떤 할아버지가 나타나서 집에서 나가라, 집에서 살면 안 된다고 했단다. 꿈에 나타났던 할아버지가 작은할아버지가 아닌가 싶다. 동생은 치료가 끝나갈 무렵 또 가출했다. 동생은 자신을 가족으로부터 소외시키고 있었다. 동생을 못 찾는 것이 아니라 동생이 돌아오지 않았다. 돌아올 수 없음을 선택할 수밖에 없었던 동생이 가끔 그립다가 밉다가, 화가 나기도 한다. 자기 의지와 상관없이 살아야 했던, 삶을 받아들이는 마음은 오죽했을까 싶다. 그리고 동생이 돌아오기를 기다리는 우리 아버지는 결국 동생을 보지 못하고 이 세상을 떠나셨다. 엄마는 동생이 집을 나간 이후, 가슴에 시커먼 돌덩이 하나를 얹어 놓고 살고 계신다. 가슴에 박혀 있는 시뻘건 그리움만큼이나 엄마의 허리는 땅으로 구부러져 있다. 그리움이 통증이 되어 온몸이 아우성을 치고 있다.

그 후, 집을 나온 사람들에 대해 관심 두기 시작했다. 집을 나온 사람들(노숙인)과 수원국제연극제 '집'이라는 연극에 연극치료 강사로 참여하게 되었다. '경기도와 함께하는 어깨동무 인문학 - 노숙인 인생 2막 인문학에 달렸다'라는 주제로 집을 나온 사람들, 집을 나올 수밖에 없었던 노숙인들과 연극심리상담이 시작되었다.

프로그램은 매주 2시간씩 10회로 진행되었다. 첫 회기, 움직임으로 친밀감을 형성하며 소통했다. 처음에는 걸으면서 눈을 맞추었다. 걷다가 만나는 사람과 검지를 맞대고 '안녕하세요' 인사를 한다. 걷다가 만나는 사람과 손바닥과 손바닥을 맞대며 몸으로 인사를 한다. 어깨와 어깨를 가볍게 부딪치며 인사한다. 발과 발을 부딪치며 몸으로 인사한다. 치료사가 손을 내밀어 한 사람씩 초대해서 손을 잡는다. 쑥스럽고 어색하다. 느리게 일어나서 한 걸음 한 걸음 걷는다. 빠르게 달리고 달리면서 서로 엉키게 된다. 엉킨 후에 풀어야 하는 과정을

미션으로 진행되었다. 참가자 한 분이

"선생님, 그만하고 싶어요."

라고 외쳤다. 치료사가

"그만하고 싶다는 말씀이 어떤 의미인가요?"

라고 물었을 때, 사람의 온기를 느껴본 지가 언제인지 기억이 안 난다고 한다.

"그냥 지금 이대로가 좋아요."

"그래요, 그대로 계셔도 괜찮아요."

집단원들과 손을 잡고, 등을 맞대고, 어깨와 어깨가 닿아 따뜻한 온기를 느끼고 있다. 말하자면 사람의 온기로 몸이 '지금 여기'에 있다. 온기로 현존하고 있다. 더 무엇이 필요하겠는가. 감정은 행동하게 한다. 감정은 몸에 뿌리를 두고 있다. 다른 사람 몸의 접촉이 감정을 만난다. 몸은 감정을 담고 있다. 서로의 온기를 느끼는 이 순간이 생명 감각으로 다시 태어난다. 이제는 혼자가 아니라 함께하는 동료들이 있음을 알게 된다.

따뜻한 감각으로 편안함을 느끼고 있다. 따뜻한 몸으로 생명 감각이 회복되는 시간이 되었다. 감각을 통해 나의 몸과 타인의 몸이 연결되어 있다. 함께함으로 회복의 길목에 있다. 몸과 몸의 접촉으로 의사소통이 시작된다.

프로그램 1~4회기까지는 집단원의 관심이 간식에 집중되어 있다. 빵, 캔디, 음료수를 현장에서 섭취하였다. 남은 빵과 달달한 초콜릿을

호주머니에 빵빵하게 채워서 돌아갔다. 먹음이라는 행위에는 입을 벌려 열고, 입을 닫는 과정이다. 먹음은 입을 열어 받아들임이다. 지금 일어나는 일을 받아들인다. 내일, 다음에 먹을 것을 저장하려는 것이다. 먹음이라는 행위는 움직이는 것이다. 먹음의 감각을 통해 몸으로 느끼는 것이다. 몸을 느끼는 것은 감각을 통해 몸을 여는 것이다. 달콤한 초콜릿 사탕, 부드러운 카스텔라를 먹는다. 먹는 행위는 오롯이 지금 여기에 있게 한다. 먹음을 통해 자기 자신과 소통하기 시작한다. 불편했던 몸이 음식을 먹으며 편안해졌다. 먹음이라는 움직이는 행위가 노숙인들에게 자기 이해와 변화의 시작이 되었다. 노숙인들에게 '빵이 희망이다.' 말처럼 노숙인들에게 먹음의 행위는 희망의 씨앗이 되었다.

6~10회 갈수록 몸의 통증을 호소한다. '허리가 아프고 배고프고 어지럽다. 어깨가 아프다. 아픈 몸에서 느껴지는 감정은 답답하고 멍하고, 아무 생각이 없다'라고 표현한다.

무대에서 가족과의 갈등을 표현한 참여자가 무대 커튼 뒤에 숨었다. 커튼 뒤에서 외친다. '엄마의 뱃속이 가장 편안하다'라고 말이다. 다시 태어나고 싶다고 한다. 참여자 중에 한 사람이 산파가 되어 태어나는 장면을 재연하고 다시 태어남을 축하하였다. 연극을 통해 다시 태어나는 삶을 재연하였다. 살아오면서 가장 편안하고 안전했던 순간을 아이클레이로 표현하였다. 말랑말랑한 촉감을 통해 안전지대를 만난다. 기억 속의 가장 편안했던 순간은 어린 시절 가족과 함께 만두를 빚거나, 온 가족이 모여 식사하는 장면을 떠올렸다. 한 노숙인은 세상에서 가장 안전한 공간이 무덤이라고 한다. 캄캄하고 아무도 찾아오는 사람이 없는 곳이 좋다고 한다. 자기 몸에 대해 느낄 수 없는 상태를 안전하다고 한다. 몸의 감각을 느낄 수 없는 상태, 자기 몸이 없는 곳을 말하면서 지금 여기에 존재하고 있다.

로버트 랜디의 84가지 역할 프로파일을 통해 자신의 역할을 탐색하였다. 친구들과 가족들은 자기를 찾고 있다. 자신은 늘 도망 다니는 역할을 한다. 역할을 통해 자기의 정체성을 탐색한다. 대체로 자신의 현재 역할은 '가난한 자, 겁쟁이, 생존자, 꿈이 있는 자'이다. 가족이 자신을 방해하는 경우가 많다. 부자, 마술사, 예술가, 조력자가 자신을 도울 수 있다. 현재 자신의 역할을 알고, 역할을 통해 존재하지만 동시에 존재하지 않는 양면성을 보였다. 생존자의 역할을 원한다. 생존의 역할은 신체적인 역할로 먹는 사람, 자는 사람, 상호작용하는 사람이다. 먹는 사람의 역할이 희미하다. 프로그램 안에서 먹는 사람으로 있으면서 생존하고 있다. 인지적 역할은 바보광대, 얼간이, 잠자는 자, 현명한 자의 네 가지 역할로 나눈다. 노숙인 집단은 현명한 자가 자기를 도울 수 있다. 한 노숙인은 '자기 자신이 자기를 도울 수 있다.'라고 하였다. 미적(안전한 거리) 역할에서 예술가, 영웅의 역할은 진실을 찾아 연극 속으로 여행을 떠난다. 역할 안에서 욕구, 바람, 다시

심리상담사도 마음 아플 때가 있습니다

서기를 연습한다. 무대에서 새로운 방법으로 역할을 창조한다. 예술가의 역할은 생명이 없는 것에 생명을 불어넣는다. 아무것도 없는 상태에서 장면을 만든다. 혼돈에서 질서를 구하는 역할을 경험한다. 창조성의 역할은 가능성으로 가득 차 있다.

　연극심리상담은 객석에서 바라보는 연극이 아닌 개인의 이슈가 연극이 된다. 무대에서 자기만의 일상이 연극이 된다. 바라보고 듣는 연극에서 나만의 이야기가 행위화된다. 행위화는 몸을 통해 풀어내는 것으로 감정을 표출하거나, 하고 싶은 말을 하는 과정의 연극이다. 심리극에서 모레노는 자발성이라고 하였다. 자발성은 익숙한 상황에 새롭게 반응하고 새로운 상황에 적절하게 반응하는 힘이다. ~하는 행위, ~을 보는 행위는 명확한 방향과 목적이 있다. 행위의 중심에는 행동이 있다. 노숙인의 자발적인 움직임은 자신을 이해하고 변화하기 시작한다. 몸의 생명 감각을 통해 다시 태어난다. 혼자가 아닌 것을 아는 것이 다시 태어나는 것이다. 어제와 다른 사랑을 느낄 수 있다면, 그것은 다시 태어나는 중이다. 몸의 감각을 알아차림이 치유의 시작이다.

마음! 서로 닿을 수 있니?

··

미래다혜

두 장의 그림 카드를 골라서, 그 두 장의 이미지를 합하여 단어나 이야기를 만들면 카드를 획득하는 보드게임을 했다. 그 카드 중에 손가락이 마주 닿아 있는 이미지 게임을 하며, 그 카드 그림이 천지창조를 표현한 것인가 이야기 나누었던 적이 있다. 물론 천지창조 그림은 사람과 신의 손가락이 닿는 것을 표현하지만, 어쨌든 우리가 한 그 게임 카드 그림에도 두 손가락 끝이 서로 닿아 있었다. 그렇게 손가락이 서로 닿듯이 또는 어떤 물건들이 마주 닿을 수 있듯이, 마음도 서로 닿을 수 있는 것일까? 물론 마음을 손가락이 닿듯이 만질 수 없지만, 마음 소통이 마음이 닿는 것이 아닐까? 부부나 친한 친구끼리도 가끔 서로 생각이 다르고 마음을 알아주지 못하는 때가 많은데 마음이 닿는다는 것은 아름다운 일인 것 같다.

그렇게 마음이 소통하며 따듯하다고 느끼고, 마음이 닿는다고 여겨지는 추억들이 있다. 오늘은 기온이 뚝 떨어져 눈이 내리고 있다. 이렇게 날이 추워서인지 초등 1, 2학년 때 겨울의 쉬는 시간이 떠오른다. 급식으로 마시던 우유를 곽째 그대로 교실 안 난로 위에 올려두고, 10분 쉬는 시간에 운동장에 나가서 뛰고 와서 마셨던 기억이 난다. 뜨끈한 우유는 추위를 달래주는 좋은 간식이었다. 40대인 지금의 나, 또는 보통의 중고등학생이면 나가면 바로 들어올 시간이라고 안 나갈 텐데, 추운데도 밖에 나가 뛰놀고 들어오고 했던 것은 아마 아이라서 그럴 것이다. 데워진 우유를 마신 것이 마음이 닿았다고 할 수 있는가 싶을 수도 있지만, 우유나 도시락을 난로 위에 올려두고 데워 먹던 그런 일들은 마음도 따뜻하게 해주는 일이었다. 또, 초등 고학년 때는 점심을 먹고서 항상 학교 뒷마당에서 고무줄뛰기 놀이를 하였다. 학급 여자 친구들과 함께 뛰놀고 교실로 들어오던 그 시절 또한 친구들과 함께한 즐거운 시간이었다.

엄마가 막내 이모의 결혼식 참여를 위해 버스 타고 서울로 가기 전날, 밤을 새워 나를 위해 모자를 떠 주신 일이 기억난다. 이런 함께하는 경험과 나를 향한 따뜻한 사랑과 배려가 지금의 내가 마음 나눔을 하는 삶을 살아가게 하는 동력이다.

사람은 사람의 관심과 사랑을 먹고 자라고 커 가고 살아가는 것 같다. 내게도 관계의 추억이 있다. 지금은 메신저 등으로 연락을 하면 몇 초안에 상대방이 읽고 답장을 받지만, 나의 청소년 시절에는 서로 연락할 때 SNS나 메신저보다 집 전화, 손편지, 엽서, 카드 등을 많이 활용했다. 중학생 때 우리 친구들은 농구선수, 가수들을 아주 좋아했다. 나도 평소 연예인 좋아하듯이 좋아했던 과학 선생님이 계셨다. 선생님은 이일 저일 많으실 텐데도 여름방학 기간 제자의 편지에 꼬박꼬박 한두 장 편지 답장을 보내 주셨다. 선생님의 편지를 기다리던 그 마음은 지금도 기억난다. 나의 이름이 소설 인간극장의 주인공 이름과 같다고 하시며 인간극장 이야기, 여름에 더위를 이기는 방법들, 선생님의 가족들과 여름을 어떻게 보내는지 등 소소한 이야기를 주고받는 즐거움이 있었다. 누군가 나의 삶에 관심을 주고, 내가 보낸 관심에 답을 해주는 것이 좋았다.

또 초등학생 때는 방학 때 선생님께서 집으로 초대해 주셔서 친구들과 함께 가서 맛있는 것을 먹고 선생님 사모님께서 알려 주셔 냉장고에 붙이는 자석 장식 지점토 만들기를 하였다. 말려서 물감 색을 입혀 개학 후에 돌려주셨다. 또 5학년 때, 선생님과 선생님 여동생의 자취방에 방학 때 놀러 가서 친구들과 선생님과 재미있게 놀았고, 떡볶이도 만들어 주셔서 맛나게 먹었다. 선생님과의 그런 특별한 경험이 나의 마음을 따뜻하게 해주었다.

상담실을 찾는 일은 누구에게나 쉬운 결정이 아닐 수 있다. 자신의 의지나 마음과는 다르게 환경의 어려움으로 인해 마음의 아픔을 가진 사람들, 또 변화하고 성장하고 싶은 마음을 품은 이들이 상담실에 온다. 어디서도 이런 말을 할 수 없었는데, 여기 와서 나의 아픔, 나의 이야기를 하고 갈 수 있어서 좋다고 말하는 분들이 계셨다. 폭력의 경험으로 마음이 깨어지거나 이웃들과의 관계에서 마음이 차가워진 분들이 상담실을 나서면서 좋은 시간이 되었다고 하시면 참 행복하다. 상담실이 자신의 마음을 따뜻하게 하는데 도움받는 곳이 되기를 간절히 바란다.

그러나 항상 상담을 마무리할 때, 모든 이들이 도움이 되었다고 하며 돌아가지는 않는다. 마음이 닿으면서 마음을 나누고 치유의 경험이 되면 좋으련만, 아픔 속에 자신의 이야기를 다 꺼내놓지 못하거나, 부모나 교사의 상담 신청으로 상담실에 오게 된 아동, 청소년을 만나보면, 마음을 열지 않는 아이들도 있다. 그럴 때는 상담사로서 마음이 앞서더라도 뭔가 할 수 있는 것은 없으니, 큰 진전이 있지 않더라도 나와 만나는 이 시간이 내담자에게 그나마 인생의 한 진보가 되고 도전의 시간이 되길 바라며 최선을 다하며 그 시간에 임했다.

직장을 다니다가 결혼하고 주부가 되었다. 그리고 상담사가 되었다. 최근에 '한 아이를 키우는 데 온 마을이 필요하다'라는 것에 대해 동료들과 이야기를 나누었다. 지금은 시대가 많이 달라져서 마을이 아이를 키우던 그 일을 우리 같은 상담사들이 하고 있다는 것에 동의하며 내가 만난 내담자들을 떠올려 보았다. 지금도 떠오르는 아이가 있다. 어느 가정의 외아들인데 할머니가 계신 곳에서 지내다가 엄마가 계신 시내로 멀리서 전학을 왔는데, 학기 중간에 와서인지 학교 친구들 사이 적응에 어려움이 있었다. 상담으로 만날 때마다 아이의 눈높이에서 아이의 원함을 듣고 위로와 격려를 나누는 시간을 가졌다. 1년 뒤에 중학교 진학해서 잘 지내고 있다고 문자 메시지를 보내와서 너무 기뻤다. 사람의 성장에 도움이 되는 상담사로 살아갈 수 있어 기쁨을 느끼는 순간이었다. 상담실을 찾은 이들을 만나는 그 시간에 최선을 다하며 진실한 자세로 만남의 시간을 이어가지만, 시간이 흐르고 삶을 살아가느라 어떠한 내담자를 만났었는지 기억 속에 항상 떠오르지는 않는다. 그러나 그 순간들이 쌓여서 나의 경험이 되고 그 내담자는 자기 삶에 의미 있는 시간이 되었으리라 믿는다.

성장하며 내 삶에 쌓여있던 마음을 나누었던 경험, 마음이 따스했던 경험, 마음이 닿았던 경험들이 지금은 내담자와 만나는 그 시간에 이루어지고 있음에 감사하다. 자신의 마음과 상관없이 경험하게 되는 어려움, 부부 갈등, 부모 자녀 갈등, 친구 관계 및 개인의 정서 어려움 등으로 힘든 마음을 안고 상담실을 찾는 이들이 있다. 이런 사람들의 삶에 상담사로서 살아가는 나의 시간이 작게나마 도움이 될 것이기에 마음이 또 따뜻해지고 즐겁다. 올겨울도 서로의 온기로 따뜻한 연말연시가 되면 좋겠다. 그리고 마음이 아프고 외롭고 힘든 이들은 언제나 상담실 문을 두드릴 수 있기를 바란다.

우리들의 천국

..

양지유

2013년 3월 고양 민들레 학교(교육부 지정 위탁대안학교) 방 두 칸, 교육장 하나를 마련하여 우리는 학교 부적응 학생들을 만났다. 청소년법 인지부 승인 이후 두 번째 사업 운영 중, 예상치 못했던 사건으로 날벼락을 맞은 우리 가족은 거리로 내몰렸다. 가장 믿었던 사람에게 사기를 당한 것이다. 움직이던 활동을 중단해야 했다. 방학 시즌인 1월이라 폐교 정리는 수월했으나 그간 진행하던 일들을 정리하며 가슴이 먹먹했다. 야심 차게 도전한 명지병원 동작 치료도 포기했다. 5년이상 보관해야 하는 파일 외는 모두 폐기했다. 폐교 업무를 담당한 선생님께 수업 이수 (학생과 학부모 인적 사항) 파일은 빠짐없이 보관해 달라고 부탁했다. 학생들과 한 약속 때문이다. 꼭 다시 만나자며 손을 흔들던 그날의 학생들 표정이 눈에 선하다. 위탁대안학교를 운영하며 만난 또 다른 세상! 나는 그곳에서 천국과 지옥을 함께 경험했다. '문제아는 없었다.'

2013년 3월 고양시 명지병원 소속 예술 치유 센터가 열렸다. 김** 교수를 센터장으로 제1기 프로젝트는 50대~ 80대 치매 초기 환자 중 통원 치료 방문자 30명 대상이었다. 프로그램명은 '백 세 총명 학교!'1기 학생들 30명과 나는 주 1회 2시간 동작 치료, 센터장은 주 1회 2시간 음악치료를 3개월 단위로 진행했다. 프로그램은 치유 명상, 동작 치료, 웃음 치료를 함께 시작했다. 어르신은 처음 경험이라 약간의 긴장도 있었으나 예상 보다 수월하게 시작되었고 3회기부터는 대부분 기대 이상의 몰입도를 보였다.

50대 후반의 이 여사님은 총명 학교 학생 중에 가장 어둡고 우울했다. 움직임도 거의 없고, 옆도 뒤도 돌아보지 않는다. 사람들과 눈을 마주하지 않은 채 앞만 보며 조금씩 따라 했다. 3회기까지 몸은 여전히 경직된 상태였다. 4회기 때 기적의 순간이 다가왔다. 무대 중앙에 주인공 의자를 놓았다. 그 자리에 이 여사님을 앉게 하고 모두 이 여사님을 향해 동그랗게 둘러앉았다. 주인공을 향해 큰 소리로, 리더가 낭독하는 문장을 세 번씩 따라 하게 했다. '당신은 참 아름다운 사람입니다. 나는 당신을 사랑합니다. 당신은 나의 소중한 친구입니다.' 큰소리로, 다정하게, 사랑을 담아, 주인공에게 모두의 마음을 전달했다. 5회기부터 이 여사님은 고개를 들기 시작했고 옆자리에 앉은 짝을 바라보았다. 그리고 파트너와 손잡기가 되었다. 6회기 처음 웃는 모습을 보이더니 프로그램 진행 도중 갑자기 바닥에 주저앉아 엉엉 울기 시작했다. 억압된 것들이 터져 나왔다. 학생들 모두 등 뒤로 가서 그녀를 감싸안았다. "괜찮아요. 울게 하세요. 울어도 돼요." 그대로 그 감정을 허용하게 했다. 한 학생의 얼어붙은 마음이 벗들의 온기로 녹기 시작했다. 눈물을 글썽이며 모두 부둥켜안고 춤을 추었다. 그날의 경험은 놀라웠고, 감동이었다. 나는 내면의 상처 난 아이의 눈물과 다시 만났다. 그 아이와 함께 나도 소리 없이 오래 울었다. 이렇게 우리는 연결되어 서로를 치유하고 있었다.

12회기 졸업식 날, 1차 대성공의 프로그램을 축하하기 위해 병원장님부터 덕양구청 직원들까지 축하해주러 오셨다. 그날 가장 밝은 얼굴로 가장 큰 목소리를 내는 이 여사님을 보며 내가 배우고 익히며 행하고 있는 표현예술치료와 치유 명상의 힘을 다시 확인했다. 편지와 선물 보따리를 안고 돌아오는 길이 가볍고 신이 났다.

고양 민들레 학교의 강사님들은 모두 엄선된 분으로 사랑이 많은 자원봉사자이다. 우리는 한마음이 되어 여러 기적을 만들어 냈다. 그 기적 중 하나인 중학교 1학년 김원준 학생! 상담실에 들어온 원준에게 "이런 학교는 처음인가요?" 하고 다정하게 질문했다. 원준이는 짧게 "네" 하고 대답했다. 우린 먼저 학생이 학교에 오기 전 미팅을 통해 신상에 대해 미리 알고 어떻게 학생을 대해야 효과적으로 학생을 도울 수 있을지를 준비한다. 긴장을 풀어주기 위해서 질문과 공감을 유도했다. "어려워 말고 너무 힘들면 연락해요. 상황 보며 중간에 보내줄 수도 있어요. 여기 선생님들은 학생들 마음 힘들지 않게 하려는 배려가 우선이에요." 내 명함을 꺼내 원준에게 건넸다. 긴장이 조금 풀리는지 경직된 얼굴이 밝아진다. 점차 가족의 문제를 슬슬 다 풀어놓았다. "아빠가 미워서 나쁜 짓을 했어요. 엄마도 싫어요. 퇴학당하고 싶었어요." 원준이는 동생을 괴롭히는 것이 유일한 낙이라고 했다. 원래는 동생을 좋아하고 잘 돌보는 형이었다고, 원준이가 학교에 오기 전에 어머니와의 통화에서 알게 되었다.

엄마는 대학교 시간강사이고 아빠는 사업가이다. 아빠는 사업 실패로 보험을 시작했고 이제는 보험회사 지점장이 되었다. 그러는 동안 집안 공기는 조금씩 가라앉았는데, 부모는 두 아들에게 정서적 안정보다는 학교 성적에 집착했다. 특히 원준이 성적에 대해 날로 집착이 더했다. 원준이는 공부가 싫어졌고, 그만큼 더 야구에 집착했다. 야구선수가 되고 싶은 꿈이 있어서 버티고 있었다.

어느 날 아빠는 느닷없이 야구선수는 미래가 불확실하니 꿈을 접으라고 폭탄선언을 했다. 대답을 안 하자 다음 날 원준이 야구 글로브를 찢어버렸다. 원준이는 그날 이후 말을 하지 않았다. 몰래 쓰레기통에서 찢어진 글러브를 찾아 침대 아래 감추었다. 원준은 부모님이 싫어하는 일이 무엇일까를 궁리했다. 동생을 아끼던 형이 동생을 괴롭히기 시작했고, 여학생들 화장실에 몰래카메라 설치하고, 다른 학생들 가방을 뒤지고, 중심을 잃고 휘청거리다 결국 우리 학교로 오게 되었다. 선생님들의 정성과 사랑으로 원준이는 조금씩 웃음을 찾아가기 시작했다.

수업 마지막 날, 학부모 교육에 원준 아버지가 오셨고 뒤이어 상담이 시작되었다. 아버지의 힘든 상황들과 원준이에 대한 사랑이 느껴졌다. '부모의 무지로 인해 세 번이나 자살을 시도할 만큼 힘든 상황을 견뎌낸 내 딸의 이야기', 아직도 성인으로 온전히 행복하지 못한 두 딸의 이야기, 큰딸을 살리기 위해 모든 걸 걸었던 뒷이야기도 자연스럽게 나오게 되었다. "원준이의 상처가 너무 큽니다. 아이들의 극단적 선택은 순간이지요, '온전히 함께하는 한 사람'만 있어도 회복은 가능합니다. 원준이가 지금 위험한 상태입니다." 거두절미하고 현재 아이의 마음을 먼저 보자고 제안했다. 아버지는 1주 후 2차 상담 예약 후 귀가했다. 원준이는 교육 수료 3일 후 싱글벙글 웃으며 나를 찾아왔다. 지금도 내 상담실 게시판 위에 원준이의 손 편지가 보인다. "아빠가 제게 야구를 허락하시고, 찢어진 글러브도 꿰매 주셨어요. 모두 교장 선생님 덕분입니다. 쉬는 날 아빠랑 새 글러브 사러 가요." 원준이는 신이 났다. 이제 안심이다. 원준아 참! 고맙다.

배움의 길에 있는 나

..

임성희

상담 수련을 통해 내가 잘하고 있는 것, 못하고 있는 것은 무엇인지 알게 되었다. 어린 시절을 돌아볼 때 힘든 일만 있었다고 생각했는데, 아니었다. 공부를 통해 행복했던 경험도 기억났다. 과거의 나로 인하여 지금의 내가 있다는 것을 깨달았다.

지금은 학교 상담사로 일하면서 아이들을 통해 배운다. 아이들은 나의 스승이다. 상담사로서 길을 잃지 않고 가게 하는 길잡이가 되어 준다.

학교에 첫 발령받은 후 학생들이 상담실에 오기를 기다렸다. 수련 생활에서 상담하는 기초를 배웠지만 긴장되었다. 무슨 말을 해주어야 할까. 차라리 오지 않았으면 좋겠다는 기도도 했다.

4학년 담임선생님이 나를 찾아왔다. 힘든 아이가 있으니, 상담을 좀 했으면 좋겠다고 하셨다. H는 교실에서 아이클레이만 만진다. 수업에는 참여하지 않는다. 한 번 폭발하면 다른 아이들을 때리고, 물건도 던진다. 엄마가 H를 낳고 백일도 안 되어 집을 나갔고, 아빠는 멀리서 일하고 있어서 가끔만 집에 온다고 했다. 현재는 할머니가 아이를 돌보고 있단다. 담임선생님과 같은 반 친구들에게 H에 대해 듣고, 나는 H가 괴물인 줄 알았다.

3교시 시작 종소리가 나고 H는 담임선생님의 손에 이끌려 상담실로 왔다. H를 본 순간 나의 상상력은 깨졌다. 또래와 비슷한 키, 하얗고 오동통한 얼굴, 겁먹은 듯한 표정, 손에는 꼬질꼬질한 아이클레이만이 들려 있었다. 눈도 마주치지 못하고 두리번거리며 자리에 앉았다. 담임선생님은 H를 잘 부탁한다면서 나갔다. 둘만 남았다. H에게 이름을 묻고 얼굴도 잘생겼다고 칭찬해 주었다. 난 H에게 여기에 왜 오게 되었는지 물었고 H는 모른다고 했다.

"H가 마음이 아픈 것 같다고 들었어. 마음속 이야기를 나누면 어떨지 싶어 초대했단다. 앞으로 나랑 OO 번 만나서 이야기 나눠보면 어때?"

그림 검사부터 하자고 제안했다. H가 그린 그림에는 한 손에는 칼을 들고, 다른 한 손에는 장난감을 들고 있는 사람이 있었다. 그림 검사가 끝나고 혹시 글씨를 아는지 묻자 모른다고 했다. H를 위해 한글 공부를 시켜야겠다는 생각이 들었다. 공책을 준비했다.

둘째 날. 여전히 H의 손에는 아이클레이가 들려 있다. 상담실에서는 아이클레이를 하면 안 된다고 했다. 아이클레이를 옆 테이블에 놓게 했다. 오늘부터 한글 공부를 잘하면 마이쮸를 더 주겠다고 했다. H도 공부하겠다고 했다. 한글 자음부터 읽고 쓰게 했다. 공책에 읽고 쓰기를 반복해서 시켰지만, H는 어려워했다. 다음 시간부터는 자음 공부가 쉽지 않겠다는 생각이 들었다.

셋째 날. 동화책으로 단어 읽기를 시켜 보았다. H는 받침이 없는 글자들은 곧잘 읽었지만 받침이 있는 글자들은 읽다가 멈추었다. 받침이 있는 글자에는 동그라미 표시를 한 후 다시 반복해서 읽어보도록 했다.
그다음 시간에도 H는 아이클레이를 가져왔고, 난 공부하자고 제안했다. 아이는 안 하겠다고 했다.
'공부 말고 뭐 하고 싶냐?'고 물었더니 만들기를 하고 싶다고 했다. 종이와 연필을 달라고 하여 주었다. 칼 모양의 그림을 그리고, 칼 모양으로 자르고, 테이프를 붙여 작은 칼을 만들었다. 나에게 보여 주며 좋아했다. 잠깐 칭찬을 해주고는 난 다시 공부하자고 제안했다.
전에 배웠던 것들을 물었다. H는 하나도 기억하지 못했다. 난 다시 시작이라는 마음으로 H를 격려했다. H는 힘들어했다. H는 아이클레이를 만지게 해달라고 했다. H는 한 손으로 아이클레이를 만지면서 한글 공부를 했다. 그렇게 하루하루를 보냈다.

체육대회 날, H는 친구에게 화가 나서 돌을 들고 죽인다며 위협했다. 소름이 돋았다. H를 온몸으로 막았다. 돌을 빼앗았다. 다른 아이들에게 담임선생님을 불러오게 하고, 난 H를 데리고 상담실로 갔다. H는 진정이 되었고, 할머니와 함께 집으로 갔다. H의 말에 의하면 그동안 그 아이에게 계속 놀림을 받았다고 했다. 언젠가는 그 아이를 죽이겠다고 벼르다가 결국 오늘 또 놀려서 화가 났다고 했다.

H가 돌아가고 나서야 다리에 힘이 풀리고 눈물이 났다. 지도 교수님께 전화를 걸자, 교수님은 놀라고 두려웠을 나를 위로해 주셨다. 그동안 상담한 내용을 이야기했다.

"가르치는 것은 담임선생님이 하실 테니 그냥 함께 놀아주세요."

교수님 말씀이 큰 힘이 되었다.

다음날 H는 아무 일도 없었다는 듯이 상담실로 왔다. 여전히 아이클레이를 손에 들고 있다.

"아이클레이 만지고 있으면 어때?"

"엄마 뱃속 같아요."

그 순간 머리를 한 대 맞은 것 같았다. H에게서 아이클레이는 엄마였다. 그런데 난 그동안 H에게 엄마를 떼어놓고 있었다. 내가 상담사라는 것이 부끄러웠다. 그 후 아이클레이로 만들기를 하고, 만든 작품을 가지고 이야기 놀이를 하면서 H의 마음을 들여다보았다. H의 폭력성은 점점 줄어들었다.

새 학기가 되고 얼마 지나지 않아 H는 갑자기 전학 가게 되었다. 담임선생님은 인사를 시키려고 H를 데리고 오셨다. 선물을 준비하지 못했다. 대신 새로 사 놓았던 아이클레이 한 봉지를 주었다. 잘 지내라며 머리를 쓰다듬어 주었다. 전학 간 학교에서도 H는 아이클레이를 가지고 다니고 한글도 뗐다는 소식이 들렸다.

H는 나를 상담사로 성장시켰다. H를 통해 상담사가 어찌해야 하는지를 배우지 못했다면 난 아직도 상담사가 아닌 '교사'가 되려고 했을 것이다.

상담사란 다른 사람의 마음을 알아주고 함께해 주는 사람이다. H에게 엄마가 필요했다는 것을 깨달은 순간 엄마가 되려고 노력했다. 이것이 상담사의 길이라는 것을 배웠다.

그 후 나의 삶도 달라졌다. 내가 만나는 사람으로부터 배울 것은 무엇이고, 그 사람에게 필요한 것은 무엇인가를 찾기 위해 노력한다. 이러한 자세가 나를 성장시키고 있다.

마음과 마음이 닿는 시간

..

전숙희

자퇴를 꿈꾸는 준호

상담사는 다양한 사연을 가진 내담자를 만나게 된다. 그중에서도 사춘기 학생들은 때때로 예상치 못한 상담을 해오는 경우가 있다. 새 학기가 시작되고 한 달쯤 지난 4월 중순이었다. 한 남학생이 상담실을 노크했다. 준호라고 했다.

"안녕, 어떤 얘기를 나누고 싶어?"

"저는 공부가 싫어요, 원래 공부도 못 해요. 자퇴하려고요!"

남 이야기하듯 했다. 고등학교 입학한 지 한 달 반밖에 지나지 않은 준호의 지나치게 솔직한 말에 내심 놀랐다. 아무렇지도 않은 듯 준호의 이야기에 귀를 기울였다.

"도와주세요. 밤에 알바하고 학교에 오면 책상에 엎드려 잠만 자요. 솔직히 말해서 학교는 잠자러 오는 거예요. 이러느니 학교를 자퇴하고 돈을 왕창 벌어서 잘살고 싶어요. 쉽게 자퇴하는 방법을 가르쳐 주세요!"

고등학교 3년을 공부도 하지 않고 허송세월하느니 일찌감치 돈을 벌어서 하고 싶은 거 하며 살 거라고 했다. 낮에 편의점에서 일하고, 밤에 고깃집에서 늦게까지 일하면 3년 뒤면 제법 큰돈을 모을 수 있다고 했다. 나름 야무진 계획까지 세워 놓고 있었다.

"음, 그러니까 돈을 많이 벌어서 일찍 성공하고 싶다는 거구나?"

인정받고 싶은 마음

준호는 잠시 생각에 잠긴 뒤, 조심스럽게 대답했다.

"네, 친구들보다 빨리 성공해서 자랑하고 싶어요."

긴 호흡이 필요했다. 준호를 이해할 수 있었다. 학자들의 이론에 따르면 사춘기 때는 인정 받고 싶은 욕구가 가장 높은 시기라고 한다. 그렇다고 해서 자퇴하고 돈 버는 일에만 집중하는 것은 올바른 선택이 아니라는 생각이 들었다.

"좋아, 돈을 많이 벌어서 성공하는 게 중요할 수도 있지. 하지만 선생님은 돈만 추구하는 게 과연 현명할까 생각하는데, 준호 생각은 어때?"

대답 대신 뒤통수만 긁적였다.

상담이 끝나고 준호 어머니와 통화했다. '하나밖에 없는 아들이 하라는 공부는 안 하고, 학교밖 친구들과 어울려 다닌다. 속상하다, 아들과 싸우기도 하고 달래기도 했지만, 점점 관계만 나빠져서 진작에 욕심을 내려놓았다.'라고 했다. 어머니는, 가정 형편이 어려워 준호가 아기 때부터 직장 생활을 했다고 한다. 그러다 보니 준호를 잘 보살피지 못했는데, 모든 게 자기 잘못이라며 울음을 터뜨렸다. 어떻게 해서든지 학교만 졸업하게 해달라고 부탁까지 하셨다. 준호 어머니의 말씀을 1백 퍼센트 공감할 수 있었다. 합당한 근거가 있는 것도 아니면서, 사회생활을 하려면 적어도 고등학교 졸업장은 있어야 한다는 생각이 굳어졌다. 어느새 나의 포지션은 상담사에서 학부모로 전환되어 있었다.

"우리 약속할까? 준호가 고등학교 졸업장을 가져오는 날 네가 좋아한다는 술, 코가 삐뚤어지게 사줄게. 어때?"

준호는 이번에도 어떤 말도 하지 않았다. 그래도 다행인 건 일주일에 한 번씩 빠짐없이 상담실에 왔다. 담임 선생님에 의하면 상담하는 날만 학교에 온다고 했다. 그렇게 상담은 계속되었다.

마음과 마음이 닿는 순간

그렇게 2년여가 지난 2월 어느 일요일 오전, 뜻밖의 전화를 받았다.

"선생님, 저 준혼데요. 기억하세요?"

솔직히 처음에는 누구인지 몰라 당황스러웠다. 그러고 보니 중간에 전학 갔다는 이야기를 들은 기억이 났다.

"오, 그럼, 그럼, 준호 알지!"

"네, 저 준호예요. 선생님이 그러셨죠? 저 고등학교 졸업하면 코가 삐뚤어지게 술 사주신다고요. 저 코 삐뚤어질 준비됐어요. 그리고 저 대학도 들어갔어요!"

한껏 달떠 우쭐대는 소리도 기특했다.

집 근처 패밀리 레스토랑에서 준호를 만났다. 여러 대학에 원서를 냈지만 다 안 돼서 실망하고 있었다고 한다. 그런데 좀 전에 인터넷 검색을 통해 합격 사실을 알았단다. 제일 먼저 엄마한테 전화하고, 두 번째로 나한테 연락한 거란다.

"인(in) 서울은 아니구요, 그래도 경기도권에 있는 대학교예요. 00 대학요, 선생님 그 대학 아세요?"

공대 건축학과라고 했다. 준호는 감정이 가라앉자, 그동안 지내온 이야기를 들려주었다.

고2 초에 이사하는 바람에 집 근처 학교로 전학 갔다. 그런데 전학 가서도 한동안 마음을 잡지 못했다. 여전히 공부는 안 하고, 학교밖 친구들과 어울려 술과 담배를 일삼았다. 게다가 여자 친구가 임신하는 바람에 죽을 만큼 힘든 시간을 보냈다. 사건은 학교에도 못 다니게 될 만큼 확대되었다. 막상 학교를 못 다니게 될지도 모른다고 생각하니 그렇게 학교가 소중하게 느껴질 수가 없었다. 다행히 일이 원만하게 해결되어 학교에 다닐 수 있게 되었다고 한다.

'준호야, 공부가 싫을 수 있어. 그러나 한번 해보는 거야, 해보지도 않고 포기하는 건 비겁한 거지. 넌 마음만 먹으면 충분히 해낼 거야!'

신기하게도 상담 중에 들었던 상담 선생님의 말씀이 떠올랐다는 것이다. 왜 그때 그 말이 떠올랐는지 자기도 모르겠다며, 사랑을 고백하는 소년처럼 쑥스럽게 웃었다. 상담사의 말 한마디가 이렇게 역동적일 수 있다니 기뻤다, 그리고 대견했다. 준호의 마음과 나의 마음이 닿는 순간이 있었다는 사실이 놀라웠다.

상담사에게 있어서 동력의 원천은, '내담자가 건강하게 살아가는 모습을 보는 것'이라는 사실을 일깨워 주는 시간이었다. 말 한마디 한마디도 허투루 하지 않고 진심을 꾹꾹 눌러 담아야겠다는 다짐을 또 한 번 하게 된다.

단 한 사람을 위한 시간

..

정승민

    송이 씨는 외국계 IT 기업의 엔지니어로 아이 둘을 둔 30대 중반 기혼여성이다. 그녀는 스트레스, 불안, 우울감을 호소했다. 더는 살고 싶지 않다고 했다. 너무나도 우울하고 무기력하며, 스스로가 불쌍하다고 표현했다. 내담자의 표현 그대로 그녀의 얼굴은 많이 지쳐 보였고, 눈가엔 금방이라도 쏟아낼 것 같은 눈물이 그렁그렁 맺혀있었다. 그녀는 경계성 자폐스펙트럼 진단을 받은 두 아이와 가정과 육아에는 전혀 관심 없는 남편에게 많이 지쳐있는 상태라고 했다. 아이들을 나 몰라라 하는 남편이 너무 미웠고, 통제가 전혀 되지 않는 아이들 때문에 하루하루 미칠 지경이라고 했다. 그러다 보니 남편이 미워 화가 나는 그 감정들은 아이들을 향해 쏟아내고 있어 죄책감 또한 든다고 했다. 현실에서 벗어나고 싶다고 했다. 모든 걸 다 놓아버리고 싶다고 했다. 이 모든 상황이 너무나도 안타까웠다. 당시 놀이치료사와 인지 치료사로 근무하며 수많은 발달 장애 친구와 그 부모들을 만나본 경험으로 송이 씨의 상태가 얼마나 힘이 들지 매우 공감이 되었다.

어린 시절의 송이 씨는 알코올 중독 아버지의 가정폭력에 노출된 채 성장했다. 그나마 생활력 강한 어머니 덕에 학업을 무사히 마치고 취업하면서 독립해, 도망치듯 결혼을 서둘러 했다고 했다. 그런데 도망치듯 했던 그 결혼, 그녀가 평생 믿고 의지할 수 있을 거라 믿었던 남편에게서 아버지를 보았다고 했다. 남편은 사업이 어려워지면서 밤낮없이 술을 마셨고, 아이들에게 폭력을 가했다고 한다. 사회적으로 성공한 그녀의 모습과는 달리 송이 씨는 자기 자신을 자존감도 매우 낮고, 사랑받지 못하는 존재로 인식하고 있었다. 어린 시절 그 당시 상처받았던 그녀, 반복된 상황에 아직 벗어나지 못해 여전히 아픈 그녀의 그 상처를 치유해 주고 싶었다. 그녀에게 어린 시절의 자신을 만날 수 있도록 해주고 싶었다. 다행히 그녀는 상담자인 나를 믿고 따라주었고 상담에 적극적으로 참여해 주었다. 스스로 바뀌고자 하는 의지 또한 강했다. 다행이었다. 상담을 진행하는 내내 나는 그녀에게 참으로 감사했다.

처음 상담을 접했을 당시의 내 모습이 떠올랐다. 그때의 나도 송이 씨처럼 아팠다. 이유는 달랐지만 간절했고, 또 사랑받고 싶었다. 그리고 자신을 사랑하고 싶었다. 지금의 송이 씨처럼 말이다.

살아오면서 많은 선택의 순간들이 있었다. 나는 항상 선택에 앞서 망설이고 도망 다니기 바빴다. 하지만 상담사가 되기로 마음먹은 오래전 그날, 그날의 선택은 현재 나에게 최고의 선물이 되었다.

선택은 찰나였고, 순간이었다. 그 어느 때보다 고민은 짧았고 확고했다. 그날의 그 선택이 지금의 내가 있을 수 있도록 했다. 온갖 불안에 앞이 막막했던 그 시절, 전과 같이 도망가듯 회피했더라면 나는 상담사가 되지 못했을 것이다. 그랬다면 지금, 이 글을 쓸 기회조차 없었을 것이다. 몇 달 전, 책을 한번 써보자는 제안을 받고서는 두 번도 망설이지 않았다. 그리고 나는 지금 이 글을 쓰고 있다. 후회 없는 선택이었다. 순간들의 선택은 나를 성장시킨다. 더는 망설이지 않는다.

선택은 타이밍이다.

한 번은 입양가정의 어머니와 사춘기 아이를 상담한 적이 있다. 어머니는 아이와의 갈등으로 인해 너무 힘들다고 했다. 입양을 원치 않던 본인과는 달리 아이를 너무나도 원해 입양을 적극적으로 추진했던 남편과는 몇 해 전 이혼했다고 한다. 자신을 설득해 입양까지 한 남편은 떠나갔고 본인과 아이만 남았다. 그런 아이와는 갈등 상황으로 우울 증세가 있어 병원에 다니며 약을 먹고 있다고 했다. 그럼에도 자신보다 아이의 상태를 더 걱정하던 이 어머니의 그날의 모습은 내게 아직도 선명하다.

아이와의 대화를 위해 조심스레 접근했다. 생각보다 호의적이었다.

"선생님, 저는 입양아예요."

첫 만남, 첫 마디였다. 뜨끔했다. 혹시나 '입양아'라는 단어가 불편하지는 않을지 내심 걱정하고 있었기에 속으로 무척 당황스러웠다.

자신과 엄마를 버리고 간 아빠가 밉다고 했다. 그런데 보고 싶다고 했다. 엄마도 아빠처럼 자신을 버릴지도 모른다는 생각이 든다고 했다. 그리고 너무나도 마음 아픈 한 마디를 덤덤하게 뱉어냈다.

"저는 태어나자마자 버려졌어요. 그런데 또 혼자가 될 것 같아요. 근데 혼자는 싫어요."

무심한 듯 덤덤한 표정의 아이와 다르게 나의 마음은 미어질 듯 너무나도 아팠다. 나의 심장은 터질 듯이 쿵쾅거렸다. '무슨 말을 해줘야 하지?'

세상에 태어나 어떤 이유로든 버려지고 남겨진다는 것은 크나큰 상처일 것이다. 그 무엇도 아이에게 위로가 될 것 같지 않았다. 그렇게 상담사인 나는 한참 동안 말을 잇지 못했다. 그저 아이를 품에 꼭 안아 주는 것, 그 외엔 무엇을 해주어야 할지, 어떻게 해야 할지 막막한 숙제처럼 느껴졌던 순간이었다. 한참을 안겨 있던 아이의 어깨가 들썩이기 시작했다. 그토록 덤덤하던 그 아이가 눈물을 터뜨린 것이다.

새내기 상담사였을 때다. 내담자를 만나는 것이 설레기도 했지만, 혹시나 실수할까, 긴장을 더 많이 하던 때였다. 그땐 가끔은 상담 상황에 말문이 턱 막히는 순간들이 생기곤 했다. 생각해 보면 그런 순간들은 항상 내담자에게서 과거 나의 해결되지 않았던 상처와 겹쳐 보이는 순간들이었다.

아직 많이 부족하다, 갈 길이 멀었다고 생각했다. 그럼에도 너무나 감사한 것은 내담자들이 나로 인해 위로되었고, 희망을 얻을 수 있었다며 인사를 건네준다는 것이다.

'오래전 처음 상담을 받았을 때, 내가 상담사에게서 받았던 그 위로와 같았을까?'

그 오래전 내담자로서의 경험은 내 삶의 방향을 바꾸어 놓았다. 나는 바뀐 그 삶을 이제는 맘껏 누려볼 생각이다. 그리고 나를 찾는 내담자들과 희망을 나누고 싶다.

사람들의 말과 행동에는 다 그럴만한 이유가 있다. 어린아이라고, 성인이라고 다르지 않다. 상담사는 내담자의 언어적, 비언어적 표현을 놓치지 않아야 한다. 그리고 그 이면을 들여다봐야 한다. 그렇게 상담사도 하루하루 성장한다.

내담자를 만나며 상담사로서의 경험은 쌓여가지만, 상담은 매 사례 신중해야 하고 또 조심스럽다. 송이 씨 사연, 입양가정 사연 등 내담자의 사연은 모두 다르다. 그래서 상담할 때마다 처음 임하는 자세로 이야기를 듣는다. 과거에 경험했던 상담 사례를 더듬어 본다거나 비슷한 조언을 하려는 마음은 금물이다. 자만하지 않아야, 내담자의 문제에 접근하는 방법도 매 순간 달라진다. 상담자도 내담자도 상담 순간만큼은 항상 처음이다. 나는 그렇게 매일 '새내기' 상담사가 되기로 한다. 나를 믿고 자신의 무거운 짐을 털어놓은 분들이다.

단 한 사람을 위한 상담사, 나의 말과 행동이 위로되기를 희망한다.

심리상담사도 마음 아플 때가 있습니다

상담사 패키지 안에서
발견한 무지개 빛

..

정재익

내담자를 만나며 그동안 참으로 많은 반성을 하며 지내왔다. 내담자는 또 다른 나의 모습이었다. 내가 과거 저질렀던 실수를 돌아보게 했고, 내가 부모에게 잘못했던 일을 떠올리게 했다. 매일 다양한 연령의 내담자를 만난다.

그분들은 가르침의 거울이었다. 그 거울 속에 나는 다양한 형태로서 나에게 다가왔다. 아버지 연령대, 어머니 연령대, 내 자녀의 연령대, 내 과거의 나이 등등 그들을 통해 내 위치를 확인할 수도 내가 저지른 실수도 상담을 통해 나 자신을 들여다보며 배울 때가 많다.

그 배움을 통한 치유는 매일 장면 장면에서 일어난다. 상담하다 보면 정말 다양한 곳에서 다양한 내담자를 만난다.

교도소에서, 보호관찰소에서, 아동보호전문기관에서, 노인보호전문기관, 특수학교에서, 특수학급에서, 가족센터에서, 아버지학교에서, 예비 부모학교에서, 학교에서, 생명 존중 교육에서, 성교육 현장에서, 가족센터에서 등등 그 내담자들의 저항이 다 다르고, 상처를 입는다는 의미는 나의 상담 경험에 비례해 왔고, 내 오지랖과 욕심을 나 스스로 통제하지 못할 때 올라왔던 것들이었다.

오래전 상담을 시작한 지 얼마 안 된 시점에는 내담자의 분노와 저항을 다루기가 정말 서툴렀다. 멱살을 잡히는가 하면, 심지어는 협박까지 받는 일들도 있었다. 겨울에 방문 상담을 하려고 갔는데 내담자의 아버지가 문을 열어주지 않아 문 앞에서 오들오들 떨던 때도 있었다. 약속 시간에 집에 가면 상담 있는 줄 몰랐으니 다음에 오라는 일도 많았다. 미리 문자를 하고 카카오톡도 했는데도 핸드폰을 잘 안 보고 다른 이유를 대는 경우도 많았다. 참으로 내담자가 다양했다.

어머니와 상담하고 있으면, 밖에서 자녀가 무언가를 부수는 소리가 나서 상담을 중지하고 뛰어나가 상황을 살핀 적도 있다. 매번 다양한 곳에서 일어나는 돌발에 항상 대비하게 되었다.

이유도 없이 수시로 전화하는 분들도 있었고, 처음으로 약속을 잡고 그 장소에 가면, 2층 창가에서 내려다보며, 상담사의 모습이 보이니, 5분 거리를 걸어 다른 건물 2층으로 올라오라고 지시하는 내담자를 만난 적도 있었다. 내담자가 상담자를 길들여야 한다며 기 싸움을 하는 경우도 많다. 도무지 알 수 없는 것이 사람의 마음이라지만, 상담이라는 이 패키지 안에 들어 있는 다양한 형태의 장단점은 배우고 익혀도 아직도 모르는 것이 참 많다.

어떤 집에서는 할아버지와 상담하고 있는데, 교도소에서 출소한 지 얼마 안 된 아들이 담을 넘어 무단 침입하여 들어와 난데없이 자기 것을 들고 가야 한다며, 전자제품을 가져가려 했다. 이를 저지하는 과정에 경찰이 출동하는 등 무척 감당하기 힘든 상황도 접한 적이 있다. 그땐 솔직히 무서웠고, 정말 제대로 내 역할을 하지 못한 나 자신이 원망스러웠다. 지금 되돌아보면 그때가 있었기에 지금의 내가 있을 수 있었다.

상담하지 않았다면 결코 만날 수 없었던 사람들! 사람에 대해 미리 선입견을 품고, 거기에 다시 색안경을 끼고 만나면 그들을 만날 수 없다는 것을 상담하면서 서서히 체화시키고 이를 흡수하고 있다.

상담을 통해 매일 나를 반성하고 무엇이 부족한지 늘 공부한다. 세상에는 참으로 좋은 상담자분들이 많다. 그분들에게 배우고 그 배운 노하우를 통해 나에게 가장 적합한 상담의 길을 매일 닦아나가고 있다. 내가 본받아야 할 수많은 선배 상담자를 비롯해 세상에 많은 멘토를 발굴하려고 책을 사고 매스미디어를 뒤진다.

나에게 필요한 다양한 계층의 다양한 멘토를 만들려고 한다. 그분들을 직접 만날 수는 없지만 그분들의 음성과 생각을 책과 매체를 통해 수집하다 보면 나의 발전은 끝이 없을 것으로 생각한다. 좋은 상담자가 되기 위해 끊임없이 배우는 것도 중요하며, 배운 것을 통해 나를 자유롭게 할 수 있는 날개를 만들 수 있도록 그 학문을 재배열하는 작업도 필요하다. 마치 아름다운 향기를 만들어 내는 조향사처럼, 내가 가진 지식을 잘 블렌딩하여 각 내담자에게 만족할 만한 맞춤 상담을 할 수 있도록 정성을 쏟고 있다. 온전한 상담을 하려고 하면, 내가 무엇을 가졌고, 내가 무엇이 부족한지를 잘 정리하여 알고 있는 것이 중요하다. 그래서 상담자는 자신에 대한 분석과 분류 그리고 끊임없는 개선이 따른다. 그래서 개인적으로 올해에 또 몇 년 상담 공부 과정을 등록하려 한다.

상담자가 내담자에게 휘둘리지 않는 중심은, 다양한 학습과 체험으로부터 시작될 수 있기에 이 재미있는 공부는 끝이 없다는 생각이 든다. 사람의 마음을 편히 어루만지는 향기의 조향사, 얼마나 보람된 일인가. 상담자가 관심 있는 것만 섭취하다 보면, 다른 영역을 알 길이 없다. 자신이 공부한 분야만 강조하다 보면 독선이 되는 오류를 범하기 쉽다. 어느 정점에 올랐다고 자신하는 오만을 부릴 때일수록, 그동안 학습하지 못했던 영역을 용기 내어 기초부터 배워나가는 초심이 필요하다.

상담사는 매일 공부하는 자세가 될 수밖에 없다. 교수로서, 강사로서, 상담자로서 다양한 역할을 해내려면, 제대로 된 것과 최신 정보를 알려 주고 나누기 위해서는 매일 독학을 해야 한다.

내 방을 둘러보면 수많은 책이 있다. 그 책을 활용하여, 나만의 새로운 통합된 학문을 만들 필요가 있다. 배우는 기간이 있으면, 반드시 그 내용을 정리하고 이를 지금 내가 하는 일상에 적용해 보는 체험을 거쳐야만 한다. 내 삶에 녹아들지 않는 학문은 흉내일 뿐 전혀 호소력이 없다. 왜냐하면 삶에 적용하지 못한 이론은 머리를 통해 마음으로 전달되지 않기 때문에 아무런 가치가 없기 때문이다. 꼭 상담사가 아니더라도, 우리 주위에 수많은 정보를 수집하고 이를 정리하고 삶 속에 잘 녹여 사시는 분들이 많다. 상담사는 직업이지 자랑거리가 아니란 생각을 하고 늘 초심에 머물러야 한다고 생각하며 지낸다. 상담사는 자신의 삶을 통해서도 그렇게 실천하고 있어야 한다고 생각한다. 자기 삶도 제대로 살지 못하면서 입으로 무엇을 전달한다는 것은 정말 조심스럽다. 그러한 삶이 싫다면 상담사가 먼저 타인의 귀감이 되어야 한다고 생각한다. 상담사는 자기 가족과도 늘 관계 개선을 잘하려 해야 하고, 한계에 부딪힐 때마다, 더 많이 공부를 시작해야 한다고 본다. 자신이 가족과 해결했던 경험들이 내담자에게 도움이 되는 경우도 많기 때문이다.

공부에 써야 할 돈을 항상 따로 떼놓는 버릇이 생겼다. 이제 상담자로서의 공부는 의무가 아니라, 정말 재미있어서 하는 공부가 되었다. 눈도 침침해지고 너무 늦게 깨달았다는 사실이 아쉽지만 그럼에도 계속 공부할 여건이 주어진다는 이 기적 같은 사실에 진심으로 감사하며 살고 있다. 상담자가 되었기에 내담자를 통해 치유도 받고, 상처도 받게 된다. 이것은 이 사명을 내가 택했기에 나에게 주는 상담 월드 패키지이다. 이 안에는 모든 것이 다 포함되어 있기에 가려서 좋은 것만 받을 수는 없다는 이야기이다. 그래서 상처를 통해 더 발전하고 공부할 수 있기에 참으로 고마운 일이다.

상담사로서 노인 내담자들도 만난다. 집마다 사연을 가진 분들이다. 대개 학대 피해를 보고 집에서 분리되어 은신처에 머물고 계신다. 상담사로 그분들 앞에 서지만 식사는 했는지 먼저 인사를 건네주신다. 만나는 시간과 횟수만큼 라포도 형성되었다. 나를 선생님이자 아들로 여겨주시는 것 같다. 마지막 상담이 끝나는 날, 헤어질 때 마음이 착잡하다. 나의 부모님이 눈에 어린다. 노인의 모습이 미래의 나일지도 모른다는 생각에 앞으로의 삶 앞에서 생각이 깊어진다. 돕기 위해 상담사로 일하지만, 때에 따라 험한 꼴을 볼 때도 있다. 그러나 지금껏 일하고 있는 이유는 그분들의 상처를 알게 되면서 선입견을 버렸기 때문이다. 내담자를 도우면서 내가 점차 성숙해지고 있다. 상담을 위해 만나는 시간은 함께 채우지만, 내담자가 상담실 문을 나서면 내담자라는 거울을 통해 나를 돌아볼 계기가 된다. 어떤 일을 하더라도 어떤 사건을 만나더라도 그 일로 인하여 나를 돌아보고 달라지겠다는 결심과 실천이 있다면 나 스스로 내담자이자 상담사일 터다. 서로의 성장을 응원한다.

견뎌내고 있는 아이들

..

최지원

유난히 아동·청소년들을 많이 만나게 된다. 어른들로 인해 상처받고 외로운 아이들이 많았다. 나도 어른이지만 내가 해줄 수 있는 일이 한계가 있을 때 무기력함을 느끼기도 한다. 다양한 친구들을 만나면서 밝게 변화되는 모습에 보람도 있지만, 부모님들의 변화 없이 아이들의 심리적 어려움을 완전히 개선할 수 없는 상황은 상담사에게 무력감을 주기도 한다. 상담에서 만났던 아이들의 심리적 어려움은 대부분이 가족 안에서 부모님에게서 얻지 못한 결핍으로 인함이 많았다. 완벽하지 못한 인간을 위해 신은 엄마를 만드셨다고 한다. 신이 만든 엄마도 마음이 아프고 힘들 때가 있다. 그러면 아이들은 더 많이 아프고 상처받는다.

혼자 있는 아이

쉬는 시간이면 피아노가 있는 예술실에서 혼자 피아노를 치며 놀곤 하는 5학년 민지를 만났다. 담임 선생님은 아이들과의 관계도 안하고 늘 혼자 있는 민지가 걱정되어 상담을 의뢰하셨다. 처음 만난 민지는 청결해 보이지 않은 위생 상태와 입고 있는 옷의 계절이 불분명한 것으로 보아 부모님의 손길을 충분히 받고 있지 못한 것으로 보였다. 초기 심리검사에서도 불안과 우울이 매우 높게 나타났다. 편안함과 안정감을 주고 싶었다. 놀면서 친해지기를 시도했다. 나에게 안정감을 느끼기 시작하면서 자신의 이야기를 조심스럽게 꺼내주었다. 자신을 왕따하고 괴롭히는 아이들이 무서워서 안전한 곳을 찾아 예술실에서 혼자 쉬는 시간을 보낸다고 했다. 친구들의 이야기를 시작으로 더 깊은 곳에 있는 이야기를 꺼내기 시작했다. 죽고 싶다는 생각을 많이 했다고 했다. 오랜 시간 동안 아빠의 아동 폭력에 노출되어 있었다. 단순히 또래 관계가 어렵고 소극적인 성격에 대한 상담이 아니었다. 아버지를 신고하지 않았던 이유를 물어봤다. 민지가 여덟 살때의 일이었다고 한다. 평소 분노 조절이 힘든 아버지는 동네에서 시비가 자주 붙는데, 어느 날 큰 싸움이 났고 아버지가 경찰차에 태워져 붙잡혀 가는 장면을 목격했다고 했다. 아버지를 며칠 동안 보지못했고 아버지의 부재가 두려웠다고 했다. 아버지가 민지에게도 감정에 따라 폭력을 행사하시긴 하지만 그 순간이 지나고 나면 순한 양이되어 잘해주시고 놀아주신다고 한다.

심리상담사도 마음 아플 때가 있습니다

민지가 너무나 안쓰럽고 측은했다. 담임 선생님을 통해 부모 상담을 요청했지만 거절하셨다. 어머니는 넷째를 임신 중으로 만삭이어서 힘들다고 하셨고 아버지는 이유 불문하고 거절하셨다. 민지에게 실질적인 도움을 줄 수 없다는 생각에 무력감이 올라왔다. 상담에서 나의 영역 밖의 일을 만날 때 허무하고 좌절하는 마음이 밀려올 때가 있다. 민지처럼 폭력에 노출된 아이들은 사회성과 대인관계능력이 떨어져서 학교생활 부적응을 초래한다. 학교에서만이라도 조금의 편안함이라도 가질 수 있게 해주고 싶은 마음이었다. 우선 민지에게

"이 모든 상황이 너의 잘못이 아니야."라고 말하고 안아 주었다. 개인 상담과 학급의 친구들과 함께하는 이야기 치료 집단상담을 병행하였다. 자신의 이야기를 자연스럽게 친구들과 나누는 민지를 보며 안도감이 들었다. 마지막 회기 후 담임 선생님께 민지에게 폭력의 흔적이 조금이라도 보이면 경찰에 신고해 줄 것을 부탁드리는 것으로 내가 할 수 있는 일은 끝이 났다.

방황하는 아이

학교에서 아이들에게 나쁜 영향을 주고 담임 선생님이 제어할 수가 없다고 의뢰한 6학년 수진이를 만났다. 처음 만난 수진이는 중학생이라고 해도 믿을 만한 큰 키와 성숙한 분위기의 눈에 띄는 복장에 불만이 가득한 표정으로 의자에 앉았다. '몰라요.'라는 말 이외에 다른 반응은 없었다. 오고 싶지 않았을 텐데 와준 수진이에게 감사를

표했다. 쉽지 않을 상담이 될 것을 예감했지만, 함께 견뎌주는 것이 상담자의 역할 중 하나니 수진이만 와준다면 견뎌보기로 했다. 나의 질문에 대답하고 싶지 않은 것은 하지 않아도 좋다고 알려 주고, 그런 너라도 나는 존중하겠다고 말해 주었다. 다만 매주 수요일 두 시 이곳에서 10번을 만날 걸 약속할 수 있는지 물었다. 말없이 고개만 끄덕이는 수진이에게 작은 희망이 보였다. 대답을 기대하진 않았지만, 상담 초기에 묻는 형식적인 질문을 했다. 상담이 끝나고 어떤 변화가 있었으면 좋겠니? 의외의 대답이 돌아왔다.

"마음이 편해졌으면 좋겠어요."

상담하면서 주로 '몰라요'라는 대답과 무반응으로 견뎌내야 할 시간이 흘러갔고 기다리던 빛나는 순간이 왔다. 아동·청소년 상담에서 저항이 높은 아이들이 자신의 이야기를 꺼내기 시작하는 때를 나는 빛나는 순간이 왔다고 말한다. 그때는 나는 할 일이 없다. 자신의 이야기를 쏟아 내주는 아이들이 주인공인 순간이기 때문이다. 나는 들어주기만 하면 된다.

다섯 살 부모님의 이혼으로 아버지와 단둘이 살게 된 수진이는 어머니와 연락하는 것을 들킬 때마다 아버지의 폭언과 폭력에 시달렸고, 폭력이 지나면 아버지는 용서와 많은 용돈으로 보상해 주었다고 한다. 자기밖에 없는 아빠가 불쌍해서 신고하지 않았다고 한다. 아버지는 어린 수진이에게 밥과 빨래 등 살림살이를 시키시기도 하셨다.

집이 감옥 같다고 한 수진이는 고학년이 되면서부터 주말이면 기차를 타고 전국을 돌아다니며 SNS를 통해 알게 된 소위 잘나가는 언니, 오빠들을 만나러 다녔다. 연락 없이 상담을 빠진 주 주말 밤 열 시가 다 되어가는 시간에 수진이에게 문자가 왔다.

'선생님. 친구랑 놀다가 막차를 놓쳤어요. 24시 무인카페 아는 데 있어요?'기꺼이 수진이를 만나러 나갔다. 수진이를 집까지 데려다주는 한 시간 동안 잘잘못을 따져 묻지 않았다. 그냥 친구처럼 수다를 떨었다. 수진이가 알려 준 집 가까이 왔을 때 가슴이 먹먹해졌다. 수진이의 집은 빛이라곤 자동차 헤드라이트만 있는 어두운 길을 올라가고 또 올라가 산속 중턱에 자리 잡은 과수원 속 작은 오두막이었다. 아빠와 단둘이 살면서 느끼는 정서적 결핍과 환경적인 고립감이 느껴졌다. 수진이가 전국을 돌아다닐 만한 이유가 충분할 것 같다고 생각되었다.

우리의 아이들은 어른들이 만들어 놓은 환경에서도 나름의 방법을 터득하고 살아 나가고 견디면서 성장해 나간다. 우리 어른들은 그런 아이들을 있는 그대로 바라봐 주지 못할 때가 많다. 행동만 보고 지적하고 한심하다고 말한다. 아이들은 어른들의 인정과 사랑을 기다린다는 것만은 잊지 말아야 하겠다. 모진 시련에도 들국화처럼 견디고 자라나 주는 아이들에게 경의를 표한다.

제4장

자기 돌봄을
시작하다

4-1

언제 어디서나 스스로 돌볼 수 있다

..

김명서

초등 4학년쯤 겨울, 눈이 오는 밤이었다. 내복 차림으로 나는 아궁이 불씨 속에 던져놓은 고구마를 부지깽이로 찾아보려고 뒤적였다. 빨강 불씨가 타닥타닥. 따뜻했다. 아궁이 속 날아오르는 불꽃이 예뻤다. 숨겨진 고구마를 앞으로 굴려서 쟁반에 담았다. 그 사이 뒷밭에 묻어 둔 항아리에서 동치미를 퍼 그릇에 담고 있는 엄마의 뒷모습이 달빛에 얼핏 얼핏 보였다. 엄마가 후다닥 내려오셨다. 뭐가 즐거운지 엄마와 나는 마주 보며 소리 죽여 웃었다. 준비한 밤참을 들고 아래채로 들어갔다. 동생들 3명이 아랫목 담요에 발을 쏙 집어넣고 빙그레 웃으며 새끼 제비들처럼 기대에 찬 눈으로 올려다보고 있었다. 우리는 아주 비밀스러운 작전을 하듯 본채에 계시는 할아버지, 할머니

심리상담사도 마음 아플 때가 있습니다

에게 들릴까 싶어 마음 졸이며 고구마와 동치미를 먹었다. 겨울밤 엄마가 들려주는 개구리 왕자 이야기가 재미있어 반복해서 들려달라고 졸라대곤 했다. 시골집이라 웃풍이 심해 전기난로를 샀다. 달구어진 난로에 엄마 몰래 가래떡을 구워 먹고 낮 하굣길에 문방구에서 사 온 쫀드기도 구워 먹었다. 오징어도 몰래 구워 먹었다. 모르리라 생각했다. 착각이었다. 냄새가 난다는 걸 생각하지 못했다. 〈몰래〉가 주는 재미에 빠져 키득키득했다. 어릴 적 〈몰래〉 보따리를 열면 추억이 대롱대롱 딸려 나온다. 그 추억들은 나를 부드럽게 감싸주는 형형색색 밍크 담요 같다. 에겐 힘이고 쉼터다.

열심히 살았다. 한 달 뒤면 50세가 된다는 생각에 나에게 보상을 주고 싶었고, 새로운 삶을 꿈꾸고 싶었다. 여행이 답이라고 생각했다. 일주일 뒤 성산 일출봉이 보이는 제주 바닷가에 있었다. 멀리서 가이드의 설명을 들으며 모여있는 사람들이 보였다. 호기심을 가지고 사람들이 모여있는 곳으로 걸어갔다. 귀를 기울였지만 들리지 않았다. 무리에서 조금 떨어져 나와 잔잔하게 빛나는 바다를 바라보았다. 문득 사람들이 다 갔을까 궁금해서 고개를 돌렸다. 단단한 바닥이 눈에 들어왔다. 새롭게 보였다. 울퉁불퉁 파이고, 굴곡지고, 튀어나오고 물이 고여 있거나 빠져나간 자국은 나의 인생과 같았다. 한참을 멍하니 바라보았다. 그냥 그 자체가 아름다웠다.

숱한 시간과 흔적들이 모여 겹겹이 쌓이고 어우러지면 이토록 아름다울 수 있다는 생각에 감사했다. 반백 살을 살아온 자신에게 감사한 마음이 절로 나왔다. 건강한 몸에 감사하고 삶을 돌아볼 수 있는 마음의 여유에 감사했다. 여행을 갈 수 있게 허락한 일상에 감사했다.

주변에 마음이 가는 사람들이 많다. 나에게 있어 마음이 가는 사람은 편안하다고 느끼게 하는 사람이다. 이런 사람을 만나면 자유롭게 표현하는 나를 발견하게 된다. 어느 날 찬영 선생과 집단상담 프로그램에 대해 회의해야 했다. 서로 사는 지역이 달라서 하루 시간을 내어 오전 9시부터 오후 저녁 식사 시간까지 회의하기로 했다.

"찬영 선생, 아침부터 저녁까지 프로그램을 짜고 시연을 해보고 보완해야 하니 카페를 알아볼까요?"

고민 없이 시원시원하게 '그래요.' 답을 했다. 일찍 만날 수 있는 장소를 정하기가 쉽지 않았다.

"찬영 선생, 아침 일찍 갈 수 있는 곳이 마땅치 않으니 우리 일 마치고 저녁에 만날까요? 1박으로."

바로 '좋아요.'라고 답을 했다. 고민 없이 바로 대답하는 찬영 선생이 신기했다.

중간 지점을 찾으려 했다. 어쩌다 보니 충남 태안에 있는 숙소를 예약했고 약속 날 저녁, 일을 마치고 각자 저녁 7시 반, 8시에 도착을 했다. 일찍 도착한 찬영 선생은 집에서 챙겨 온 불고기를 요리해서 아기자기한 그릇에 담아 상을 차렸다. 나는 집에서 나올 때 챙긴 포도

주 한 병을 꺼냈다. 고기와 포도주 한 잔, 3층 베란다를 통해 보이는 바닷가와 오징어 배, 모래사장과 빨간 등대가 설렘을 선사했다. 완벽했다. 찬영 선생의 정성이 담긴 식사는 배고픔을 달래주는 식사가 아니었다. 허기진 마음을 채워 주는 식사였다. 자연스럽게 대화는 일상을 넘어 삶의 의미에 관한 이야기로 이어졌다. 우리는 일하지 못했다. 아니 일하지 않기로 했다. 향기롭고 맛이 깊은 숙성된 포도주처럼 이야기는 찬란했다. 웃고 울고 음악을 들으며 춤을 추고 웃다가 울기를 반복하며 알록달록해졌다. 한 병이 비워졌다. 새벽 3시. '회의는 아침에 일어나서 점심때까지 마치고 헤어져요.'잠을 청했다. 서로 눈을 보면서 직감했다. 그리고 통한 듯 마주하며 말없이 웃었다. '일은 못 할 것 같은데.'

　다음 날 짐을 챙겨 바닷가 카페에 갔다. 잠이 부족해서인지 나이가 들어서인지 카페 의자에 널브러져서 사람들 시선은 아랑곳없이 두 시간을 내리 잤다. 민폐 김 여사가 된 듯싶었다. 그런데 카페 젊은 사장이 다가왔다. 사장이 뭐라고 하면 '미안합니다.'라고 사과하려고 기회를 살폈다. 가까이 다가온 사장은 자신의 핸드폰에 저장된 사진을 보여 주며, 여기 노을이 무척 아름답다면서 꼭 보고 가기를 권했다. 우리는 약속이나 한 듯 서로를 보며 웃었다. 고맙다고 인사하고, 3시간 정도 일을 하며 노을을 기다렸다. 해 떨어지는 수평선을 보며 급하게 짐 정리를 했다. 몇 분 후 카페 바닷가 정원에서 위치를 옮기며 사진을 찍어대고 있었다. 기분이 좋은지 찬영 선생은 춤을 추었고, 나도 따라서 춤을 추며 애들처럼 해맑게 웃었다. 예전 같으면 사람들 시선이 느껴져서 못 했겠지만, 찬영 선생과 함께라서 가능했다. 지인 핑계를 대며 내가 하고 싶은 행동에 자유를 달아주었다. 이런 이유로 찬영 선생을 만나는 것을 좋아한다. 저녁 8시 무렵 우리는 화상 회의를 하자는 말을 남기고 헤어졌다. 1박 2일 동안 서로에게 돌봄이 되고 치유가 되어 주었다는 것을 안다. 아무 거리낌 없이 서로에게 다가간 시간, 마음에서 걸리는 것이 없는 귀한 만남의 시간인 것을 안다.

지금 나는 음악을 틀고 따뜻한 커피를 내린다. 여유롭고 평화롭다. 이 순간도 나에게 대접하는 순간인데, '바쁘게 살아온 나에게 스스로 얼마나 대접하고 있을까'라는 질문을 한다.

지친 일상에서 힘을 낼 수 없는 소진 상태라고 진단을 내리며 자신을 가두고, 해야 하는 일만 멍하니 바라보았다. 현재에 사는 나는 없었다. '멈추면 비로소 보이는 것들'이라는 혜민 스님의 글이 스쳐 지나간다. 언제나 어디서든 자신을 돌볼 수 있다는 말을 마음속에 품어 본다. 잠시 생각을 멈추고, 행동을 멈추고, 지금 여기에 머물러 자신에게 말한다. '이대로도 충분하다!'

심리상담사도 마음 아플 때가 있습니다

숨은 것이 아니다
잠시 쉬었을 뿐이다

..

김미선

　나는 수많은 멘토와 함께 성장했다. 지금도 성장해 가고 있는 과정이다. 39살이 될 때까지 부모로부터 분화하지 못해 많이 아파했다. 부모 곁을 멀리 회피하고 떠나면 좋아질까? 끝없이 도망치는 상상을 하고 작가처럼 스토리를 만들기도 했다. 그러면서도 난 묵묵히 같은 선택을 했다. "우리 딸 사랑한다." 이 말을 듣기 위해 발버둥 쳤던 것 같다. 정서적 배고픔과 허기를 부모로부터 충분히 채우고 싶었다. 내 담자들도 부모로부터 정서적 배고픔을 채우기 위해 아팠을 것이다. 가족 안에서도 부모에 차별적 사랑이 자녀들을 아프게 한다. 또한 부모에게는 아픈 손가락과 같은 자식이 있다. 마음이 간다. 자식을 키우며 느낀다. 그 아픔의 무게가 다른 자식에게 짐이 되지 않기를 바란다. 마음의 저울에 추의 무게가 기우는 것이다.

결핍에 집착하면 아무것도 생각할 수 없다. 모든 것이 나만 억울하다. 피해의식만 커진다. 장례식장에서 흔히 일어나는 상황이다. "내가 더 많이 했다. 넌 한 것 없어."라며 망자에게도 자신을 인정해 달라 떼를 쓴다. 인간의 열등감에서 오는 집착이다. 아픔의 웅덩이를 채우기 위해 경계선 없는 희생과 헌신으로 웅덩이를 채워간다. 채워도 갈증이 난다. 나에게 더 노력하라 권면이 아닌 명령을 한다. 나를 돌아보며 무엇이 부족한지 생각한다. 모르겠다. 무엇을 채워야 하는지…. 가슴이 답답해진다. 웅덩이는 부모와 가족으로 채워지지 않는다. 나를 연민으로 바라보자. 나의 마음에 경계를 단단하게 만드는 것, 내가 할 수 있는 것에 최선을 다하는 것이 중요하다. 내 마음 안의 상처에 물살이 넘쳐나지 않게 자신을 보호해야 한다.

부모님도 사랑을 받지 못해 사랑을 줄 수 없었다. 자신만의 방법으로 최선을 다했을 것이다. 다만 표현 방법이 아이들에게는 큰 아픔으로 다가왔다. 부모님 마음은 달랐다. 나는 집안의 문제를 해결하는 해결사 역할도 가장 안전하게 잘하는 자식이었다. 싸우지 않았고, 부모에게는 든든함 그 자체였다. 그만큼 나를 믿었다. 나는 신뢰감의 크기라는 것을 몰랐다. 아버지가 뇌경색으로 쓰러지셨을 때도 가장 먼저 나를 찾았다. 이제 와 생각해 보니 역할에 대한 책임감만 생각했다. 무겁게 느꼈다. 든든한 자식임을 몰랐다. 인간은 자신의 존재가 쓸모 있는 인간이기를 소망한다. 자신의 존재를 가장 가까운 가족의 인정을 통해 확인받는 것이다. 하지만 부모와 가족이 아닌 자신의 인정이었으면 좋겠다. 아파할 만큼 아프고 깨달은 것이다.

그 마음을 알고 난 후 부모님의 마지막을 잘 보내드리고 싶어졌다. 집으로 모신 지 2년이다. 부모님의 마음에 가장 무거운 짐은 무엇일지 생각했다. 둘째 언니는 가난으로 가족의 생활비를 벌기 위해 고등학교를 포기하고 서울의 공장에 돈을 벌러 갔다. 부모님은 언니에 대한 미안함과 죄책감으로 항상 마음 아파했다. 결혼식도 하지 못했다. 언니의 웨딩사진을 찍고 부모님 영정사진도 예쁘게 찍었다. 어머니는 "언니의 사진 찍어줘서 마음의 돌덩어리가 이제 내려앉는구나."라고 하시며 주름진 손으로 눈가를 닦아 내렸다. 언니의 마음 한편 웅덩이가 채워진 듯하다. 지금은 아버지의 임종을 앞두고 있다. 의식이 있는 마지막 순간에 아버지는 "넌 부모 도움도 없이 자수성가했다. 고맙다."라며 거친 숨을 몰아쉬며 미소 지어 주셨다. 아버지의 인정에 열심히 살아온 나의 삶이 더 빛나는 듯했다. 감사하고 뿌듯했다. 나는 지금, 이 순간에 아버지에게 가장 무거운 짐은 혼자 남는 엄마라는 생각이 들었다. 아버지에게 "아빠, 엄마 걱정하지 마. 우리가 잘 돌볼게. 마음 편히 가세요. 지금까지 너무 애썼어. 고맙고, 사랑해." 마지막 인사를 나누었다. 마음이 평온해졌다. 아버지의 얼굴에 옅은 미소가 보인다. 나도 모르게 입가에 미소가 지어졌다.

지금 삶을 돌아보니 부모의 인정을 받기 위해 발버둥 친 순간들이 내 성장의 시간이었다. 결핍을 채우기 위해 역할에 충실했던 시간이 모여 상담소 센터장이라는 열매로 답을 주었다. 아픔의 몸부림이라 생각했다. 나는 성장을 위해 인내하고 견뎌낸 것이다. 내담자들도 아픔에 발버둥 치는 시간이 모여 성장을 만들 것이다. 상담자로서 하고 싶은 목표가 생겼다. 부모의 어린 시절 상처와 결핍이 아이를 양육할 때 영향을 주게 된다. 부모는 자녀가 자신과 같은 아픔을 느끼지 않기를 바란다. 그리고 부모는 자신의 결핍을 자녀로부터 보상받고 싶은 욕심이 생긴다. 그래서 지나친 관심으로, 혹은 지나친 무관심으로 양육한다. 이런 방식이 적용되면 성격 구조의 일부가 되고 관계 패턴에 영향을 미친다. 아이들의 우주는 부모가 전부이다. 부모와 자녀가 건강한 파트너로 성장하도록 돕는 일을 하고 싶다.

현대사회의 아이들은 많은 불안을 안고 살아간다. 경쟁주의 사회에서 불안은 커진다. 끊임없는 비교 속에서 자신을 잃어 간다. 잘하고 있지만 항상 자기 부족함을 책망한다. 노력에 대한 정당한 존중을 받아 보지 못했기 때문이다. 무엇인가 해내야만 인정받는다. 내가 선택한 꿈도 잘못인 것처럼 느껴지는 착각이 든다. 아이들의 잘못이 아니다. 어른들의 잘못된 사랑법이 만들어 낸 참사이다.

SNS 세상을 보며 타인들의 일상을 동경한다. 나와 비교한다. 한없이 내가 작아진다. 현실을 마주하고 살아가는 것이 두렵기도 하다. 숨고 싶다. 스마트폰과 컴퓨터 안으로 숨고 싶어진다. 나도 무료하게 TV 속에 숨어 살았다. 하루를 보내고 무가치한 시간을 보낸 나를 책망하고 비난했다. 내일도 반복이다. 반복된 일상에 무력해진다. 누구나 두렵고 숨고 싶을 때가 있다. 괜찮다.

대학생이 되어서도 자신이 무엇을 원하는지 자신에게 질문한 적이 없다. 이미 정해진 답만 보고 달려왔기 때문이다. 아이들이 자문자답하고 스스로 답을 찾아가도록 격려해야 한다. 어른이 해야 할 일이다. 잘못된 선택도 할 수 있다. 인정하는 것이 필요하다. 시행착오를 받아들이는 것도 훈련이 필요하다. 부모는 믿음을 갖고 기다려 주는 것이 필요하다. 힘겨워 주저앉을 때도 '괜찮아 쉬어가자' 믿고 기다려 주어야 한다. 아픔도 이겨내는 인내가 필요하다. 자신 안에 단단한 힘이 생길 것이다. 자신 안의 아픔도 기꺼이 받아들이는 내가 되어야 한다. 아무것 하지 않아도 존재만으로 사랑받을 만하다. 느껴야 한다. 사랑의 허기를 채워야 한다. 있는 그대로 격려와 찬사를 받아 마땅하다. 흔들리며 아파하는 청소년들에게 이 과정을 잘 안내하고 싶다. 대학 강단에 서서 교수가 아닌 인생의 선배로 이야기해 주고 싶다. 잘 견뎌주어 고맙다고 말하고 싶다.

    우리는 모두 삶의 무게가 있다. 고통의 크기와 무게는 다르다. 아픔의 깊이를 타인이 판단하고 평가할 수 없다. 인간은 아픈 경험은 잊어버리기 위해 안간힘을 쓴다. 하지만 우리의 기억은 더욱더 생생하게 기억되고 예기치 않는 상황에 당황하고 두려운 감정에 압도되는 경험을 한다. 마음의 아픔을 아프다고 인정해야 한다. 이것이 치료의 시작이다. 힘들 땐 진솔하게 나의 상태를 인정하고 도움을 받자. 부끄러움이 아니다. 나의 나약함도 아니다. 누구나 한 번쯤 세찬 바람과 같은 충격에 흔들릴 수 있다. 그 사람이 바로 '나'이다. 당당하게 약한 나와 마주하자. 그리고 뜨겁게 안아 주자. 회복과 성장이 진정한 삶의 자유로 안내할 것이다.

4-3

내 삶의 재생에너지

··

김성례

텃밭 정원치유사

땅은 엄마다. 텃밭의 작물들이 자라듯이 내 생각, 감정, 행동은 한 뼘씩 자란다. 어떤 씨앗을 품었느냐에 따라 잎과 열매가 다르다. 씨앗은 컴컴한 어둠을 허락하여 빛을 향한다. 어둠과 빛은 내담자 자신에게로 이끈다. 그리하여 우리는 사랑으로 환해진다. 흙에 맡겨진 씨앗처럼 나를 내담자에게 맡긴다. 하여 어둠과 빛은 생명력을 향한다. 텃밭 정원에 페퍼민트, 애플민트, 방아잎, 바질 등 허브 작물을 흙에 맡겼다. 빼꼼히 푸른 싹이 나오는 모습이 '기적'이다. 생명이 나에게 온다. 텃밭 정원에 한 걸음 발을 디디면서 허브 향을 마신다. 페퍼민트는 코끝을 지나 뇌세포에 깊이 파고든다. 심장에 닿아 가슴이 뻥 뚫

린다. 향으로 정신을 바짝 차리게 한 후, 몸이 이완된다. 이완된 몸은 평온해진다. 애플민트의 달콤함으로 몸의 긴장을 풀어준다. 긴장이 풀어지는 밭고랑 사이로 노을이 온다. 가만가만 내 곁에 와서 내 뺨을 어루만진다. 평온의 바람이 분다. 로메인 상추를 뜯는다. 상추의 쌉쌀한 냄새가 참 좋다. 텃밭은 나의 숨구멍이다. 자연과 함께하는 나의 일상이 치료사의 재생에너지가 되었다.

　뜨거운 여름이면 텃밭 정원에 풀이 무성하다. 한 손으로 풀을 잡고, 다른 손은 호미로 풀을 뽑는다. 풀인 것과 풀이 아닌 것 사이에서 몸이 바쁘게 움직인다. 풀을 뽑으면서 그런 생각이 들었다. 사랑은 내가 할 수 있는 일과 할 수 없는 일을 아는 것이다. 사랑은 내게 필요하지 않은 것과 필요한 것을 잘 골라내는 일이다. 풀이 뽑히듯이 내게서 사라지는 것을 받아들일 때 오롯이 사랑 안에 거하는 것이다. 사라지고 사라지는 것이 사랑이다. 사라지는 것을 사랑할 용기를 배운 그날, 2021년 6월 8일 오후 5시 50분에 아버지께서 소천하셨다. 흰밥에 한련화, 메리골드, 팬지꽃을 얹어 꽃 비빔밥을 먹고 일하러 가던 그날이다. 아버지는 나의 식탁에 꽃밥을 차려주셨다. 아버지의 사랑으로 공명 되었다. 내게 생명 주신 아버지 감사합니다. 당신이 저의 아버지라서 행복했습니다. 감사의 고백을 드렸다. 텃밭은 나에게 참자기로 살아가게 하는 치유의 공간이다. 사랑의 곳간이다.

연극, 당신이 주인공

'사람이 숨을 쉬는 것은 코로 하지만 마음은 표현으로 쉰다.' -아동 문학가 이오덕-

연극은 낙중지생이다. 즐거움 속에 삶이 있다. 기쁨 속에 생명력이 있다. 극 중 역할창조를 통해 즐거움을 만난다. 연극은 작업하는 모든 과정이 창의성(생각, 감정, 행동을 새로운 방법으로 시도해 보는 것) 안에 있다. 배우의 몸짓, 소리, 움직임은 목적을 향한다. 연극이 그러하듯이 목적이 이끄는 삶을 경험한다. 극단 〈산유화〉 활동이 재생에너지다. 첫 작품은 work-shop 공연 "가을꽃" 음향 오퍼로 참여하게 된다. 음향 오퍼는 연극이 진행되는 동안 소리의 울림을 무대에 내놓는다. 관객들이 객석에 들어오는 동안 음악이 흐르고 관객들이 호흡을 고르는 시간이다. 연극이 끝나는 시간까지 집중의 끈을 놓을 수 없다. 극 중 인물의 정서를 고조시키거나 사건의 암시, 연결하는 음악으로 전환한다. 장면에 맞는 음악이 무대 공간을 채운다. 음악이 관객의 심장에 닿기를 기도한다. 음향 오퍼의 경험은 내 안에 기쁨과 만나는 시간이다. 연극 활동은 발달, 지적 장애인, 보육원의 아이들, 노숙인, 암 환우, 정신질환 환우, 중년여성, 노인집단, 청소년 등 연극심리상담을 할 수 있는 기반이 되었다. 누군가의 인생 이야기를 표현할 수 있는 매체가 되었다.

두 번째 작품은 "덫에 걸린 사람들" 무대 제작하는 과정에 참여한다. 무대 바닥의 길이, 무대의 높이, 넓이를 재고 덧마루를 만든다. 덧마루는 덧칠할수록 빈티지한 느낌이 난다. 배우들의 공간이 탄생한다. 무대라는 공간에 시간을 배열하고, 대도구나 소도구를 배치한다. 무대의 소품은 관객의 일상과 연결하게 한다. 무대의 이야기들이 자기가 경험하는 것 같은 동일시가 일어난다. 연극 활동은 도시에서 삶을 지속할 수 있게 하는 재생에너지가 되었다. '예술이 인류를 구원할 수 없지만 위로할 수 있다'라는 말처럼 연극이 삶에 변화하는 과정이길 바란다. 누군가에게 쉼이 필요할 때 몸의 움직임이나 목소리, 감정, 생각을 표현하여 마음의 숨이 쉬어지는 심리극이길 바란다.

미술작품 감상

그림을 보면서 긍정적 생각과 부정적인 생각이 통합된다. 그림은 나를 기쁨과 평안으로 이끈다. 집단을 다양하게 만나는 나에게 그림이 주는 색, 형태, 이미지는 위로가 된다. 그림이 화려하지 않아도 괜찮다. 언젠가 고흐의 자화상을 보았다. 한참을 바라보고 있노라면 깊은 소용돌이 속으로 빠질 것 같다. 속으로 속으로 들어갈수록 자화상은 또렷해진다. 무언가에 집중했을 때, 나의 존재를 잊고 있을 때의 몰입감을 보았다. 고흐는 신념이 그림에 묻어나길 바랐다. '그림은 화가의 삶이며 영혼의 목소리다.' 고흐의 그림은 나에게로 깊이 빠져들게 한다. 내 영혼의 목소리를 만나게 한다. 나를 만나는 일은 경이롭고 황홀하다. 마치 섹스처럼.

그림이 좋아 그림책 공부를 하게 되었다. 그림책을 활용한 연극심리상담, 심리극 디렉터, 춤동작 심리상담사로서 내담자를 만난다. 예술은 경험하는 과정이 치유다. 삶이 그러하듯이, 사랑이 되어 온다. 사랑이 온다는 것은 두려움이 없는 것이다. 사랑이 온다는 것은 편안하다는 것이다. 사랑이 온다는 것은 다른 것들과 잘 연결될 힘이 있다는 것이다. 사랑 안에 있다는 것은 바람처럼 자유롭게 참자기(Self)로 있는 것이다. 삶의 주인공이 되고 싶은 내담자들에게 참자기(Self)로 살아가길 소망한다. 그들 마음결을 따라 걸어가련다. 예술로.

내 사랑

남편은 내가 연출했던 작품에 배우로 출연하면서 만나게 되었다, 이강백 작품 '결혼'이라는 작품을 공연하고 결혼식을 올렸다. 결혼 27년 동안 늘 한결같은 마음으로 긍정적인 에너지를 보내준 남편이 나의 자원이다. 남편은 긍정적인 생각이 어떻게 문제를 해결할 수 있는지 안다.

인터넷으로 강의를 듣는 나에게 무선 이어폰을 선물해 주었다. 남편이 어찌나 섹시해 보이던지. 나에게 섹시함이란 무엇이 필요한지 알고 챙겨주는 모습이다. 일을 마치고 집에 돌아오면 '마누라, 오늘도 수고했소'라고 말하며 머리카락을 가지런히 쓰다듬는다. 그런 행동이 설레게 한다. 나를 섹시하게 만든다. 남편은 천 년 전부터 나를 사랑하기 위해 이 땅에 온 사랑이다. 나의 사랑 밥은 남편과의 대화다. 부부는 대화가 사랑 밥이다. 내 삶의 증인은 남편과 딸들이다.

내 삶의 재생에너지 텃밭 정원치유사, 극단 활동 연극, 그림 작품 감상, 내 편이 되어 주는 남편은 순간순간을 충만하게 살아가게 한다.

4-4

내가 더 건강하게
멀리 나아가려면

..

미래다혜

지금의 아이들은 아마 연예인, 건물주, 유튜버 등의 장래 희망을 많이 말할 것 같은데, 내가 초등학교 1, 2학년 때, 장래 희망을 물으면 대부분 대통령, 과학자, 선생님이라고 이야기했다. 내 주위에는 과학자를 장래 희망으로 쓰는 친구들도 많았는데, 나의 어릴 때 장래 희망은 선생님이었다. 그때는 그런 장래 희망이 촉망받고 격려받는 직업이었던 것 같다. 어릴 적 큰 달력 뒷면에 한글을 써서 가르치는 놀이를 하던, 선생님의 꿈을 가지고 있던 나는, 20대의 직장 생활을 지나서 지식을 가르치는 선생님이 아닌 사람을 돌보는 상담 선생님이 되었다. 보통 주부는 가족을 돌보고, 엄마는 자녀를 돌보며 양육하고, 성장한 자녀는 연로하신 부모님을 돌봐드린다. 돌보는 일을 직업으로, 또는 사명감으로 하는 많은 이들과 직업군이 있는데 나도 그 중 한 사람이 되었다. 내가 이렇게 돌보는 일을 하면서 좋아하고 보람을 느끼는 줄 몰랐었는데, 이 일을 하면서 나는 이런 일을 참 좋아하는 사람이었고, 나의 직업 흥미 유형과도 잘 맞는 것을 나중에야 알게 되었다. 처음에는 상담을 시작하면서, 내담자의 어려움이 나의 어려움이 되어 나의 일상이 힘들고 어려운 마음이 가득하여 쉽지 않았지만, 시간이 흐르면서 그런 어려움도 어떻게 극복하는지 배워가며 익숙해지고 있다.

타인의 삶에 대해 의견을 말하고 관여하는 오지랖이라고도 할 수 있는 나의 성격 덕분에 결혼 후의 가정생활에서도 가족 돌봄은 이어졌다. 아침 6시에 나가서 저녁 11시에 귀가하고, 토요일도 출근하고 주말 일요일 정도만 함께 밥을 먹었던 남편과의 생활에서 시댁의 행사나 여러 이슈의 논의 대상은 나였다. 시아버지께서도 올해 휴가는 언제 어디로 가는지, 같이 갈 것인지 등의 전화를 내게 하셨고, 잔잔하게 건강의 어려움이 있어 병원을 자주 다니셨던 시어머니께서도 늘 내게 말씀하시고, 나는 어디가 어떻게 아프시다는 어머니께 전화를 드리면 늘 몸은 좀 어떠시냐고 자주 묻고 그에 대해 잘 알지 못하더라도 이야기를 듣고 아는 것을 제언하며 많은 이야기를 나누었던 것 같다.

또 어떤 엄마라도 그렇겠지만, 아이들을 먹이고 입히고 씻기고 가르치며 살아가느라 어느새 결혼 10년이 훌쩍 지나갔다. 결혼 후에 아이가 둘 태어나고 눈 깜짝하니까 10년이 지나갔다. 그렇게 살면서 나는 나를 챙기고 돌보는 일을 못 하고, 하지 않았다. 나도 한 사람, 한 인간이고 내가 건강하고 행복하고 이쁠 때 다른 누군가에게도 섬김을 줄 수 있고 돌봄도 나눌 수 있을 텐데 늘 시선이 나 아닌 다른 이에게 있었던 것 같다.

그렇게 바쁘게 앞만 보고 타인을 보고 살던 나도 이제는 자기 돌봄이 없으니 앞으로 나아가기도 어렵다는 시점에 이르러서 나를 돌보기 시작했다. 내가 시작한 자기 돌봄 1번은 나도 힘들다고 말하는 것이었다. 어려움을 겪는 이의 이야기를 듣고 함께 시간을 나누면서 내 마음도 아프다고 나 스스로 인정하고 나를 위로하기, 엄마이고 아내인데 그런 나도 힘든 일들이 있다는 것을 가까운 친구와 이야기하기, 그리고 나의 멘토와 나의 삶을 나누며 나도 성장하기이다. 상담을 시작하며 슈퍼비전을 받고 사례 회의에 참여하는 것 또한 내가 시작한 내 마음과 영혼의 돌봄이다. 두 번째 자기 돌봄으로 실천하고 있는 것은 책 읽기와 드라마, 영화 보기를 통해 다양한 삶의 모습을 들여다보고 간접 경험하는 것이다. 이런 시간이 나에게 상담사로서의 지금의 현실에만 갇혀 있지 않고 더 넓은 세계 속에 있을 수 있고, 마음에서 긍정을 길어내도록 도와주고 있다. 더불어 남편도 독서를 즐겨

하면서 내가 읽고 보는 이야기들에 관심이 있어 함께 누릴 수 있어서 참 좋다.

그러나 어느 순간에는 나를 위한 것이지만 결국은 나를 위한 돌봄이 아닌 것이 있다. 상담실을 나서면서 많은 에너지를 쓴 후라서 나를 위로하고 싶어서 여러 가지 좋아하는 음식을 많이 먹게 된다. 또 음식 준비를 제대로 할 시간을 확보하지 못해 급하게 김밥이나 빵을 먹는 방법은 좋기도 하지만 득이 되지 않기도 하였다. 바쁘다고 제대로 챙겨 먹지 못한 점심 식사를 대신하여 차에서 간식을 먹거나 탄수화물 위주의 저녁 식사를 하는 것은 중년이 되어가며 내 건강에 도움이 되지 않았다. 식습관은 오랜 시간 형성된 것이어서 변화가 쉽지 않지만, 건강하지 않은 음식은 덜 먹으려 한다. 최근 상담 통역을 도와주시는 분이 아이들에게 식후에 늘 과일을 준비해 주는데 과일값이 많이 비싸졌다고 하셔서, 나도 나를 위해 좋은 음식을 먹도록 해야겠다고 생각했다. 나의 어린 시절의 간식은 빵이 많았다는 게 떠올랐고, 그래서 지금도 나는 틈이 나는 대로 빵을 먹는가 싶었다. 반면에 시댁은 늘 식후 과일이다. 남편은 자라면서 식후에는 늘 과일을 먹었다고 한다. 식습관은 진짜 습관인 것 같다. 식습관을 바꾸기가 쉽지 않더라도 천천히 하나씩 건강한 음식 먹기부터 시작해 보려고 한다. 현재는 물 마시기는 잘 실천하고 있다. 물 챙겨 마시기에서 시작하여 건강한 음식 먹기 습관으로 바꿔보자!!

마음뿐 아니라 내 몸을 돌봐야겠다. 뛰거나 걸으면 기분이 좋아지고 행복해지지만, 많은 직장인이 사무실에 앉아서 일하듯이, 내 몸 돌보기에 제일 잘 안되었던 것이 몸을 움직이는 것이었다. 나 또한 상담실 한 곳에 있지 않으나, 상담 요청한 누군가를 만나러 운전하여 갈 때 차에 앉아있고, 식당에서 밥 먹을 때 앉아있고, 상담실에서 앉아있고, 집에 오면 쉬고 싶어 소파에 앉거나 누워서 쉰다. 사실 마음이 스트레스로 채워지거나 생각하고 정리할 일들이 있으면 동네에 나가서 자주 걷긴 하였다. 꾸준한 걷기는 나에게 그나마 몸을 움직이는 시간이 되어 주었다. 그러나 요즘은 그냥 앉아있거나 소파에 기대 누워 쉬었던 것 같다. 머리로는 운동하러 가야지 하지만 내 몸은 소파에 붙어있는 시간이 더 많았다. 그래서 일부러 운동하러 갈 수 있는 시간과 장소를 정하려고 한다.

건강한 음식을 먹고 몸을 움직이고 몸을 돌보며, 나의 건강한 몸과 마음이 누군가의 마음과 삶을 돌보는데 기초가 됨을 잊지 않고 나를 사랑하고 아껴주려 한다. 오랜 시간 나를 아끼는 것에 인색했기에 쉽지 않지만, 나 스스로 나를 사랑하고 돌보지 못하는데 어떻게 나와 만나는 이들에게 자신을 사랑하라고 당신은 소중하다고 말할 수 있을까 싶다. 나를 돌보며 누리는 기쁨을 함께 나누고 싶다. 당신이 소중하기에 나도 그 소중한 한 사람이라는 것을 잊지 말아야겠다. '건강한 몸에 건강한 정신이 깃든다', '이 닦을 때 333으로 하라', '편식

하지 않고 꼭꼭 씹어 먹는다'처럼 어릴 적 들었던 이런 말들이 지금 내게 딱 필요하게 적용이 되는 순간이다. 나도 이제 나를 진정으로 아끼고 사랑하기 시작했다.

4-5

금 중의 금!
지금, 나의 절정!

..

양지유

"엄마!, 어떻게 그렇게 할 수가 있어? 학대한 전남편 어머니 요양원
에 가면서 오만 가지 선물에다, 가서도 그렇게 다정하게 잘해드리고,
입에다 과자까지 넣어 드리고. 속도 좋다. 그게 가능해?" 큰딸의 전
화다.

"응 당연하지. 내 귀한 손녀도, 내 딸도, 그분이 계셨기에 지금 있
는 거지. 지금 아니면 못 볼 수도 있고 해서, 가슴이 시키는 대로 그
냥 간 거야. 너희들 갈 때 같이 가고 싶었고, 언제 돌아가실지도 모르
잖아. 이젠 머리는 안 쓰고 싶어, 과거를 곱씹는 것도 인제 안 해." 일
곱 달 손녀와 심신의 고통을 극복한 딸 부부와 한 주 전에 전 시모가
계시는 요양원에 다녀왔다. 그 후 딸에게 온 전화 내용이다. 며느리가
셋인데 아직 아무도 찾지 않은 모양이다. 과거에는 속이 없고 인기도
없는 고약한 분이셨다. 파킨슨 증세가 심해져서 도저히 집에서는 감

당이 힘들어 효자 효녀라면 1등을 놓치지 않는 딸, 아들인데도 달리 방법이 없었다. 지금도 오 남매는 극진히 효도하고 있는 게 느껴진다. 손자 손녀 중 유달리 가슴이 따뜻한 큰딸은 할머니가 점점 더 심해지기 시작한다는 소식을 듣고, 7개월 된 딸을 데리고 할머니를 찾는 사랑을 보여 주었다. 참 고맙고 이쁘다. 고통의 늪에 있을 때 시댁에선 그 누구도 우리를 만나주지 않은 사람들인데 지금은 우리 모녀가 넉넉한 마음으로 그들을 위로하고 있음을 보며 그냥 나에게 고마운 마음이 든다.

세 살 아이가 겪은 증발한 오빠에 대한 버려짐의 상처에 이어, 중학교 입학 후 특별반 배정으로 따돌림의 상처가 있었다. 입학한 중학교는 특별반 한 교실을 성적순으로 배치하고 나머지 반은 무작위로 섞어 놓았다. 우린 다른 반 학생들에게 미움을 샀고, 나는 친하게 지내던 다른 반으로 간 친구들에게 따돌림의 상처를 경험했다. 한 동네에서 매일 같이 지내던 친구들이 멀어졌다. 하교 후 집에는 늘 아무도 없었다. 친구 집을 찾아가 불러도 대답을 안 했다. 이때부터 가슴이 답답하고 숨을 몰아쉬게 되었다. 한숨을 쉬는 횟수가 늘어나니 어머니는 "어린애가 무슨 한숨이냐? 팔자 사나워진다."라며 걱정하셨다. 점차 한숨이 심해졌다. 어머니 대신 언니가 나를 병원으로 데리고 갔다. 신경성이니 염려 말라고 한다.

나에게 친구들이 사라진 것 말고는 크게 신경 쓰는 일은 없었는데, 그게 원인이었나? 어머니는 넋들임 굿(놀란 넋을 달래는 굿)을 해야 한다고 나를 설득했다. 어머니는 어릴 적 물에 빠져 놀란 나를 돈이 없어서 즉시 굿을 못 했다며 눈물을 훔치셨다. 무속신앙을 갖고 계신 어머니와 이를 무시하시는 아버지는 이 문제 말고도 가끔 다투셨다. 아버지 몰래 굿을 하기로 어머니와 계획을 짜고 학교에는 아프다고 조퇴하고 집으로 와서, 짐을 챙겨 무속인들이 굿을 하는 사라봉 중턱의 깊은 동굴 입구로 향했다. 잘 차려진 큰상 앞에 얌전히 앉아 눈을 감았다. 중얼거리는 무당의 소리가 점점 커진다. 반나절을 고막이 나갈듯한 소음을 참으며, 어머니의 '꼭 낫는다!'라는 확신을 나도 믿고 싶었다. 그러나 한 달이 지나도 반년이 지나도 마찬가지였다. 나는 1년 휴학계를 내고 시골 친척 집으로 휴양을 떠났다.

그것이 명 처방이었음을 뒤늦게 알게 되었다. 다음 해 학교로 돌아와 한 학년 아래였던 동생들과 배우면서 새로운 친구도 생겼고, 천주교 교리 공부를 시작했다. 베로니카 수녀님에게 교리를 배우면서 많은 변화가 일어났다. 수녀님과 함께하는 교리 공부가 즐겁고, 새 친구가 생긴 게 전부인데 마음이 평온했다. 그러나 예상치 못한 순간이 다가왔다. 고등학교 진학을 포기해야 했다. 집은 가난했지만 나에게 아버지는 모든 면에서 후했기에 전혀 예상하지 못했다. 고교진학을 포기하자는 아버지의 말씀에 어안이 벙벙했다. 집으로 오신 담임 선생님이 아버지를 설득했지만 가정 형편은 너무 어려웠다. 어려운 형부가 학비를 댈 테니 진학시키자 했지만, 내가 거절했다. 누구에게도 짐이 되고 싶지 않았다. 진작 알았더라면 좀 더 열심히 해서 장학생으로 갈 수도 있었는데, 담임 선생님께 진학 포기선언을 하고 다음 날부터 학교에 가지 않았다. 선생님께서 집으로 오셨지만, 나는 문을 열지 않았다. 물론 졸업식에도 가지 않았다. 세월이 흐르고 나는 새로운 환경을 만나고 싶어 집을 떠났다. 아버지의 도움으로 간호조무사 자격을 취득하고 병원 근무를 시작했다. 고양군 보건지소를 겸하는 병원기숙사에서 실연의 아픔을 어눌한 기타 솜씨로 나를 달래던 20대 시절이 있었다. '오늘도 젖은 짚단 태우듯, 그런 하루를 보냈다.' 그런 나날이었다. 다시 찾아온 그 사람과 운명적인 결혼을 하고 두 자녀를 출산했다. 하지만, 큰딸은 가정폭력으로, 학교 집단 폭행으로 엄청난 트라우마를 겪게 되었고, 불안정한 가정환경으로 막내 역시 불행한 사춘기를 보냈다. 큰딸의 치유가 늘 맨 앞자리에 있었지만, 생존을 위한 밥벌이도 나에겐 엄청난 무게감으로 다가왔다. 또 하나! 중요한 나의 열다섯 살 약속은 늘 내 안에서 맴돌았다.

중학교 졸업식 날! 나와 한 각오가 있다.
"나는 너희들과 가정환경이 다를 뿐이야. 좀 늦을 수는 있어. 나는 박사 과정까지 꼭 마칠 거야. 세상으로부터 능력을 인정받고, 존경받는 사회인이 된 후 너희들을 만날 거야."
생업과 학업을 병행하며 40대 후반에 방송 통신 고등학교에 입학하여 우수한 성적으로 고등학교 과정을 마쳤다. 50대에 명상학과를 졸업하고 60대에 가족 치료학 석사 과정을 졸업했다. 박사 과정은 70대에 계획하고 있다. 진주는 상처를 통해 탄생한다고 한다. 나의 상처들은 상처에 머물지 않고 계속 목적을 향해 달렸다. 중학교 졸업식 날의 굳은 각오! 난 이제 그 다짐의 완결 고지 마지막 부분에 서 있다.

'인정받고 존경받는 사회인'이 되려면 아직 더 가야 하지만 한 걸음 한 걸음 걸어갈 생각이다.

온 길을 돌아본다. 고마운 사람들! 더는 기댈 곳이 없어 손을 내밀었을 때, 선뜻 잡아주신 두 분, 나무 선생님과 관옥 선생님! 우리 모녀에게 잊을 수 없는 분이다. 멀리서 달려와 큰 도움 주시며 오늘이 있기까지 든든한 지원군이셨던 두 분의 사랑과 정성에 감사드리며, 나도 그런 사람이 되리라 다짐한다. 앞으로 캠핑카를 마련하여 오래전부터 꿈꾸던 이동상담실을 시작할 것이다. 들로, 산으로, 바다로, 하늘, 별, 달, 바람, 구름, 꽃과 함께 노래하고 춤추리라! 사랑의 빚을 사랑으로 갚고자 한다. 그렇게 살고 싶다. 생태계의 치유와 회복, 힘든 내담자들, 지친 어머니들, 호흡이 힘겨운 안쓰러운 청소년들과의 연결에 동참하고 싶다. 자연이 되는 꿈을 꾼다. 생태 영성으로 만나게 될 인연들, 존중받아 마땅한 모든 생명들, 하나로 연결되어 잘 놀고 싶다.

4-6

시련이 배움이다

··

임성희

삶은 나에게 시련도 주었지만 깨달음도 주었다. 어린 시절의 시련은 결국 지금의 나를 만들기 위한 담금질이었다. 아버지의 장애는 내게 어떠한 환경에서도 살아남을 수 있는 강인함을 주었다. 엄마가 내어준 등은 차갑지만 나의 생명을 이어가게 했다. 서자로서 나의 위치는 경제적 독립과 자립을 할 수 있는 기반이 되었다. 공부에 대한 열등감은 나를 박사 과정까지 공부할 수 있게 했다. 큰아이와의 갈등은 나를 돌아보고, 가정을 돌보고, 아이들을 보살피는 상담사가 되게 했다.

지금도 난 아이들을 통해 배움을 이어간다. 어느 날 갑자기 상담실로 뛰어 들어온 아이 하나가 자신의 반으로 가 달라며 나를 불렀다.

아이는 S가 또 물건을 던지고, 소리 지르고, 선생님 책상을 엎으려고 한다고 알려 주었다. 난 뛰어갔고 그 자리에 멈추었다.

"저리 가. 다가오지 마!"

S는 자기 손에 잡히는 모든 것은 던져버렸다. 그동안 배운 내용들을 총동원하여 S를 달랜 뒤, 두 팔로 안고 상담실로 갔다. S가 진정될 때까지 함께 호흡했다.

S의 울분이 온몸으로 느껴졌다. S는 진정이 되자 담임 선생임이 자기 말만 안 들어주어서 화가 났다고 했다. S가 화가 났던 이유를 들어주고, 속상함을 달래 주었다. 그래도 물건을 던지거나, 너를 다치게 하거나, 다른 사람을 다치게 하는 것은 안 된다며 약속했다.

S는 툭툭 털고 일어나더니 선생님과 친구들에게 사과하겠다고 했다. 머리를 쓰다듬어 주었다. 교실 앞에까지 손을 잡고 갔다. 혼자 들어가겠다고 했다. 기특했다.

그 뒤에도 S는 폭력적인 행동을 일삼았다. 반 아이들은 S가 화가 나면 일단 교실을 나왔고 무조건 나를 찾아왔다.

S는 갓 태어난 아기 때부터 시설에서 살았다. 내가 그동안 공부했던 내용으로는 다가가기 쉽지 않을 것 같았다. 트라우마 치료 서적부터 논문, 애착 놀이치료 등 여러 가지 방법들을 찾아보았다. 그러다가 우연히 애착 트라우마 온라인 강의를 듣게 되었다.

애착 트라우마를 겪은 사람의 뇌 구조는 일반인의 뇌 구조와 다르게 변화가 된다고 했다. 그로 인하여 사고, 감정, 행동의 뇌가 따로 움직인다고 했다. 즉 생각하고, 말하고, 느끼고, 행동하는 것이 마음대로 되지 않는다는 것이다. 생각한 대로 말하고, 행동하고, 느끼도록 하는 것이 치료법이라고 했다. 치료법으로 사용할 수 있는 다양한 방법들과 실전 훈련을 지도 받았다.

S는 지금 다른 학교로 전학을 간 상태이다. 하지만 다음에도 S와 같은 아이들을 만난다면 적용해 볼 수 있을 것 같아 반가웠다.

학교 상담사로서 난 S가 아닌 또 다른 아이들을 만난다. 그 아이들에 대한 문제들은 모두 다르다. 하지만 난 한 아이, 한 아이를 위해 내가 할 방법을 찾는다. 그것이 무엇이든 말이다.

학교에 배치된 후 상담실 한쪽에 모래놀이 치료실이 생겼다. 2015년부터 모래놀이에 관한 공부를 시작했다. 지금도 아이들과 함께 모래놀이하고, 관련된 책을 본다. 민담 공부를 하고, 융의 분석 심리 수업을 듣는다. 사례를 듣거나, 나의 사례를 발표하는 등 꾸준하게 수련 생활을 하고 있다. 그러면서 모래놀이 상담사, 모래놀이 상담전문가, 모래놀이 수석상담사라는 자격증을 얻었다.

모래놀이 수석상담사라는 자격증을 받으러 올라간 단상에서 나도 모르게 눈물이 났다. 그동안 나를 만났던 아이들의 모습이 떠올랐다. 고마웠다. 지금 이 자리에 있게 해준 아이들이었다.

단상에서 내려오자, 사람들은 그동안 애썼다며 위로와 격려를 해

주었다. 난 아무 말도 하지 않았다. 가슴이 따스해지며 촉촉해졌다.

모래를 처음 만진 날이 기억났다. 꿈속에서 바닷가를 걸었다. 반짝이는 것들이 있었고, 난 그것을 주웠다. 황금이었다. 그때는 황금의 의미를 몰랐다. 아이들이 건강하게 성장하도록 도와주는 것이 황금의 의미였다. 그러려면 조급함을 버려야 한다. 기다려 주어야 한다. 이것이 모래놀이 상담사로서 내가 배운 것이다.

큰아이가 대학수학능력시험을 보던 날. 학교에서 일하는 동안에도 큰아이를 위해 종일 기도했다. 가슴이 떨리고 두근거렸다. 퇴근 후 집으로 가면서 큰아이에게 전화를 걸었다.

"아들, 고생했어. 애썼어."

가슴이 벅차올랐다.

지나간 일들이 떠올랐다. 큰아이가 뱃속에서 꿈틀대던 때부터 지금까지의 모습들이 기억났다. '잘 커줘서 고마워 아들!'혼잣말을 했다. 눈물이 났다.

나를 상담사로 성장시킨 것은 큰아이와 학교에서 만난 아이들이다. 아이들이 스승이고, 길잡이고, 쉬지 않고 가게 해주는 채찍이다. 앞으로도 어떤 아이들을 만날지 모른다. 하지만 그 어떤 아이가 와도 괜찮다. 나도 그 아이와 함께 배우며 성장할 것이다.

인생 곳곳에 있는 시련들은 우리에게 그 자리에서 배워야 할 것이 있다는 것을 알려 준다. 어렸을 적에는 살아가는 방법과 사람과 함께 하는 관계의 기초를 배웠다. 엄마가 돼서는 엄마가 줄 수 있는 사랑의 크기를 배웠다. 그리고 상담사가 되고부터는 그 누구의 인생도 존중받아 마땅하다는 것을 배웠다.

앞으로 살아가면서 어떤 시련의 장이 펼쳐질지 모른다. 난 피하지 않을 것이다. 그 시련을 배움으로 이끌어 나를 또 한 번 성장시킬 것이기 때문이다.

자기 돌봄을 시작하다

..

전숙희

자기 돌봄의 필요성을 알게 되다

되돌아보니 10년이 넘는 세월을 심리상담사로 살았다. 그동안 많은 이들의 이야기를 들으며, 그들이 마주한 어려움을 함께 나누었다. 그들이 울면 함께 울고, 웃고, 화내며 그들의 감정선을 따라가려고 마음을 다했다. 이러한 노력 때문인지 마음이 따뜻한 상담사, 진심을 담은 상담사, 다시 만나고 싶은 상담사 등의 기분 좋은 피드백을 듣곤 한다.

집 근처에 잣나무 숲이 있다. 편안한 걸음으로 걸으면 왕복 30분 정도 소요된다. 시간이 날 때마다 그곳을 걸으며 많은 것을 얻는다.

남이 볼세라 돌 틈 사이에 피어 있는 작은 꽃을 바라는 여유, 코끝을 스치는 은은한 잣나무 향과 피톤치드까지. 몸과 마음이 건강해지는 시간이다.

그날도 그 길을 걷고 있었다. 문득, 오늘 상담 중 아버지의 외도로 힘들어하는 내담자가 떠올랐다. 누구보다 믿고 사랑했던 아버지의 외도는, 20대의 딸이 감당하기에는 버거웠다. 다 용서할 테니 제발 돌아와 달라고 애원하는 어머니를 이해하기는 더욱 힘들다며 오열했다. 살고 싶지 않다고도 했다. 울음을 그칠 때까지 내담자를 꼬옥 안아 주는 일밖에 달리 할 수 있는 게 없었다.

그랬다. 상담사로 살아오는 동안 나 자신만의 마음과 시간이 존재하지 않았다. 나를 찾는 작은 휴식에도 진정한 휴식이 없었다. 어떤 방법으로 내담자의 어려움을 해결할 수 있을까, 어떻게 하면 한시라도 빨리 내담자가 평정심을 찾을 수 있게 도와줄까. 상담사니까 참아야지, 상담사가 그 정도는 이해해야지가 전부였다. 내가 없었다. 자기 돌봄이 존재하지 않았다.

자기 돌봄의 시작은 자기 자신에 대한 인식과 연결되어 있다. 생각해 보니 나의 내면의 소리에 귀를 기울이는 대신 남의 이야기에 시간과 열정을 쏟았던 것 같다. 이제는 내 목소리에 귀를 기울이고 그에 따라 행동하려고 한다. 그러기 위해서는 충분한 휴식과 즐거움을 주는 자기에 대한 돌봄이 요구된다. 그래야 삶이 더 풍요로울 수 있고,

나 자신이 행복할 수 있기 때문이다. 지금껏 살아오면서 크고 작은 지혜를 쌓아 왔다. 이에 나만의 강점을 더한다면 풍성한 삶을 만들 수 있을 것 같다. 자신에게 관대해지고 완벽하지 않아도 괜찮다는 것을 받아들이려고 한다.

그래야만 되는 줄 알았다.

5남매의 막내로 태어났다. 부모님을 비롯한 세 명의 오빠와 언니의 넘치는 사랑으로 나름 행복하게 어린 시절을 보냈다. 공부도 잘하고, 줄곧 반장도 놓치지 않은 것을 보면 리더십도 있었던 것 같다. 언제였는지도 모르게 지나가 버린 사춘기, 그야말로 모범생이어서 부모님의 자랑이었다. 막내면서 늘 받는 칭찬이 당연했던 건, 나는 그래야만 되는 줄 알았기 때문이다. 자신과 진실하게 마주하고, 소통을 강화하는 대신 칭찬의 굴레에 갇혀 있었다. 그러다 보니 내 능력 밖의 일을 해내느라 힘들면서도 '아야!' 소리 한 번 내지 않고 잘도 참아 냈다. 자녀로, 아내로, 엄마로 그리고 상담사로.

내 감정과 욕구를 인정하는 것이 우선이라는 것을 깨닫는 데는 많은 시간이 필요했다. 나 자신을 돌보기 위해 매일 조금씩 나만을 위한 시간을 만들어 갔다. 시간이 허락될 때마다 산책했고, 성서 필사와 독서 시간을 확보하는 동안 내면의 고요가 무엇인지 알았다. 비로소 내면의 목소리가 들리기 시작했다. 나에 대한 이해가 깊어지는 것을 느낄 수 있었다. 자기 객관화가 가능해질 만큼 심리적 지평도 확장

되었다. 내 고집보다는 공동의 선(善)을 먼저 생각하게 된 것도 그 무렵이다. 동기부여와 용기백배는 덤이었다.

2021년, 박사 과정을 수료하고 곧바로 박사학위에 도전했다. 그 결과 《노년기 여성의 원예테라피를 통한 정서 치유 경험》이라는 논문이 완성되었다. 이듬해, 저만치 봄이 다가오는 2월에 가족상담치료 박사학위를 받았다. 나이 육십을 넘어서 받은 학위이다 보니 물리적 도움이 되지 않는 것은 당연했다. 그래도 괜찮았다. 자아실현이라는 다분히 이기적인 목표만을 향해 달렸다. 과정은 쉽지 않은 서사의 연속이었다. 생각대로 풀리지 않아 받는 스트레스는 잘해야만 된다는 나만의 오래된 타성과 연결되어 있었다. '잘하려고 노력하지 마라, 어떻게 처음부터 잘하느냐.'는 지도 교수님의 피드백이 나를 일깨워 주었다. '잘하지 않아도 된다, 그럴 수도 있지.'라는 배짱까지 생겼다. 이러한 변화는, 내 안에 잠재되어 있었던 가능성과 힘을 마음껏 활용할 수 있다는 자신감을 끌어냈다. 무엇이든 잘해야만 된다고 스스로 만든 굴레로부터 자유로워진 것이다. 이러한 변화의 중심에는 남편과 두 아들의 지지와 격려가 묵직이 자리하고 있었다.

심리적 안정과 평화를 찾아가는 여정

예상치 못한 어려운 상황에 닥쳤을 때도 나 자신에게 인색하지 않게 대하는 방법을 알았다. 순간순간의 감정에 솔직해지려고 노력했다. 스스로에 대한 이해와 인정을 바탕으로 문제를 진지하게 다루면서 실망하지 않으려고 애썼다. 이것은 나의 심리적 안정과 평화를 찾아가는 여정에서 빼놓을 수 없는 부분이다. 이 여정은 끊임없는 나의 발전과 성장을 위한 것이다. 나만의 특별한 이야기를 쓰는 에너지로 작동하고 있고, 앞으로도 그러할 거라고 믿어 의심치 않는다. 그동안 축적된 지혜와 내면의 자원을 활용하여 상담사로서 더 나은 미래를 위한 여정을 가꾸려 한다.

이제 시작이다. 앞으로 더 많은 도전과 성장이 기다리고 있을 것이다. 어떠한 모양새로 날 기다리고 있을까? 흥미롭고 기대되는 마음으로 진득하게 기다린다.

나는 분명 이 여정을 통해 더 많이 배우고 성장할 것이다. 훗날 나만의 의미 있는 이야기가 될 거라는 것도 믿는다. 그리하면 나 자신과 주변의 모든 것에 감사하면서 더 큰 행복과 만족을 찾을 수 있을 것이다. 사는 동안 어찌 꽃길만 있으랴!

오늘도 나는 들숨과 날숨을 반복하며 내일을 향해 간다.

오늘도 토닥토닥

··

정승민

상처받은 내면 아이 - 어린 나를 만나다

'와~ 신세계다.' 새로운 경험이었다.

어린 나와 마주했다. 온갖 설움이 몰려왔다. 왜 여태껏 방치하듯 저 어둠에 혼자 버려두었냐며 원망하는 것 같았다. 어린아이가 너무도 외로워 보였다. 무방비 상태로 상처를 받은 나였다. 치유가 필요했다. 본연의 자아를 찾고 진정한 나를 찾고 싶었다. 그 아이에게 희망이 있다고 알려 주고 싶었다. 이상했다. 마음속 누군가 불을 지핀 것처럼 뜨끔거렸다. 순식간에 불이 번져버린 것처럼 뜨겁게 아팠다.

'아야! 무엇이 이토록 나를 아프게 하는 거지?'

주체할 수 없이 눈물이 났다. 그렇게 나는 한참을 어린 나와 마주하며 뜨거운 눈물을 흘렸다. 어린 나를 마주한 신비로운 경험은 나에게 큰 변화를 가져다주었다. 그제야 있는 그대로 나를 바로 볼 수 있는 용기가 생겼다. 그러자 전과는 다른 내가 보이기 시작했다. 자기 돌봄의 시작이었다.

아름다운 세상이다. 예전에는 전혀 느껴본 적 없었다. 나에겐 온통 잿빛 세상이었다. 그런데 내게도 오색 빛깔 찬란한 세상이 눈앞에 펼쳐졌다. 세상이 바뀌었을까? 아니었다. 현실은 그대로였다. 변하지 않았다. 하지만 세상을 바라보는 나의 시선이 바뀐 것만은 분명했다. 나에 대한 마음가짐이 변화하니 모든 것이 달라 보였다. 다른 사람은 나를 바꿀 수 없지만 나 자신은 바꿀 수 있다. 나의 의지로 내가 보고 싶은 대로 생각하는 대로 보이기 시작했다. 그렇게 나의 삶에 변화들이 시작되었다.

그즈음이었다. 제 앞가림 하나도 벅차 주위를 둘러볼 여유도 없던 내게 '나'아닌 새로운 것들이 눈에 들어오기 시작했다. 다른 이들이 보이기 시작했다. 그렇게 다른 이들의 아픔이 눈에 들어오기 시작했다. 어린 '나'를 만나는 길을 안내해 준 스승님이 내게 그랬던 것처럼, 나 역시도 누군가의 마음을 여는 길을 안내해 주고 싶었다. 그렇게 나는 진정한 상담사가 되기를 다시 한번 결심했다. 이 결심은 삶을 대하는 나의 태도를 바꾸었다. 또한, 삶의 가치와 행복에 대해 돌아보는 기회가 되었다.

상담을 본격적으로 공부하기 시작하면서 많은 변화가 찾아왔다. 우선 자신을 돌보는 일이 얼마나 즐겁고 행복한 일인지 알게 되었다. 자연스레 마음도 편안해지고 타인과의 관계도 유연해졌다. 사람을 대하는 것이 더 이상 불편하지 않았다. 마음의 여유가 생기니 삶이 풍성해졌다. 나의 변화가 증명하듯 나도 누군가의 빛이 되어 주리라 다짐해 본다.

애도 작업을 하다

준비 없이 갑작스레 찾아오는 이별은 언제나 슬프다. 소중한 사람을 잃은 상실감은 말로 설명할 수 없을 만큼 고통스럽다. 슬픔은 아픔이 되고 죄책감이 되어 자신을 괴롭게 했다. 시간이 흐를수록 죄책감에 마음은 더 무거워졌다.

14살 어느 여름날, 쉬는 시간 학교 복도였다. 한 아이가 내게 작은 쪽지 하나를 건넸다. 우리가 친구가 되던 순간이었다. 우리는 마음이 무척이나 잘 맞았고, 어느새 둘도 없는 단짝이 되었다. 힘들 때도 즐거울 때도 서로를 위로하고 응원했다. 성인이 되고, 각자 결혼하여 가정도 이루고 이쁜 아이들도 낳았다. 그렇게 각자의 자리에서 잘 살아갈 줄 알았다. 그렇게 자연스레 나이 들어가며 오래 볼 수 있을 줄만 알

왔다. 하지만 불행은 갑자기 찾아왔다. 서른, 너무 젊은 나이였다. 정확한 병명도 모를 희귀병에 걸려 투병을 시작했다. 여러 번의 수술을 하며 생사의 고비를 넘겼다. 그렇게 해가 바뀌고 또 해가 바뀌고 수년을 병상에서 보내야 했다. 오랜 병원 생활을 했지만, 삶에 대한 의지를 놓지 않고, 잘 버텨준 친구에게 고마웠다. 항상 밝았던 친구는 너무나도 감사하게도 힘겨운 투병 생활도 잘 버텨내고 퇴원할 수 있었다. 휴직했던 회사에 복직도 하고 한동안 병원 생활로 멈추었던 일상의 행복을 찾아가고 있었다. 잘했다. 내 친구! 이제는 행복해지자!

행복은 오래가지 못했다. 친구의 병은 재발했고, 다시 고통스러운 투병 생활이 시작되었다. 친구는 전보다 눈에 띄게 야위어 갔다. 너무도 고통스러워 이제는 그만하고 싶다던 친구를 보며 아무것도 해줄 수 없는 현실에 눈물이 났다. 눈물을 들킬까 고개를 숙인 채 친구의 손을 꼭 잡았다. 주삿바늘로 멍이 들어 성한 곳 하나 없는 친구의 손등이 눈에 들어왔다. 꾹꾹 눌러 참고 있던 울음이 새어 나왔다. 친구의 손을 만질 수 있고 쓰다듬을 수 있는 지금이 너무나 감사했다. 때때로 응급상황에 가슴 철렁한 적도 있었지만, 전에도 여러 번의 생과 사의 고비를 넘기며 잘 버텨냈으니 그럴 수 있을 거라 믿고 있었다. 아니, 믿고 싶었다.

계절이 바뀌었다. 봄이 지나가고 있었다. 우린 시시때때로 통화를 했다. 목소리만 들어도 그저 좋았다.

"민아, 혹시나 나 애들 다 크는 거 못 보고 가게 되면, 우리 애들 졸업식이랑 입학식에 참석해 주라."

꼭 그러마. 하고 약속했다. 이게 마지막이라고는 생각하지 못했다.

비교적 평소보다 평온했던 그날의 목소리.

친구는 자기 죽음을 예상했었나 보다. 아침에 일어나 확인한 휴대폰 메시지는 친구의 부고를 알리고 있었다. 그렇게 친구와의 이별은 하룻밤 사이에 갑작스레 찾아왔다. 우리 나이 고작 서른다섯이었다. 5년을 아팠다. 친구에게 30대의 기억은 병원이 전부다. 아프기 전 서른이 되기까지 우린 태어나 30년의 세월 중 절반 이상을 함께 울고 웃으며 추억을 만들었다.

그리고 이제는 보내줘야 했다.

친구가 떠나고 남은 가족들은 다른 지역으로 이사를 갔다. 친구 딸아이의 졸업식과 입학식에 가지 못했다. 그래서인지 친구의 마지막 부탁이 가슴에 얹혀있다. 남겨진 어린 두 아이가 눈에 밟혔다. 하지만 그들을 마주할 용기가 나지 않았다. 그럴수록 뭔지 모를 죄책감은 쌓여만 갔다. 문득문득 친구를 생각할 때면 마음 아프고 눈물이 났다. 즐겁고 행복했던 추억이 그토록 많았는데 자꾸 아픈 기억이 먼저 떠올랐다. 하지만 친구도 내가 이렇게 남아 아픈 기억으로 살아가는 걸 원치 않을 것이다.

심리상담사도 마음 아플 때가 있습니다

나는 친구 생각에 눈물이 날 때면 애써 눈물을 참지 않았고, 친구의 기억을 멀리하지도 않았다. 친구에게 받았던 생일 선물인 인형을 거실에 꺼내 아이들과 함께 놀았고, 부치지 못할 편지이지만 소소한 일상을 친구에게 이야기하듯 편지를 써보기도 했다. 모든 감정을 억지로 거스르지 않았다. 충분히 슬퍼하고 충분히 추억했다. 그리고 그때 나의 선택은 틀리지 않았다. 영원할 것만 같던 깊은 슬픔이었지만, 자연스러운 감정들의 경험은 조금씩 조금씩 치유되어 갔다.

나는 그렇게 애도 작업을 하게 되었다.

앞으로의 삶… 그리고 나의 버킷리스트

이번에 글을 쓰기 시작하며 지난 일기들을 뒤적여 봤다. 열여덟 살 소녀는 자신에게 꿈이 뭐냐고 묻고 있었다. 20년도 더 지난 묵은 글 속엔 그 시절 감정들이 고스란히 남아있었다. 노트 속 가지런한 글씨가 새삼스러웠다. 과거의 나는 아픔을 이야기하기도 했고, 미래를 그려보기도 했다. 자신을 다독이는 글도, 하고 싶은 것들도 빼곡히 적혀 있었다. 그 시절 아픔은 이제 과거가 되었고, 꿈꾸던 미래는 가까워지고 있다. 돌아보면 하고 싶은 것들이 참 많았다. 그중엔 상담사가 되겠다는 꿈도 있었다. 나는 지금 그 꿈을 실현해 가고 있다. 지난 젊은 날 했던 그 어떤 일들보다 나에게 잘 맞는 일인 것 같다.

상담사로서의 길은 끝없이 자신을 돌보아야 하고 수련해야 한다. 나는 그렇게 매 순간순간 성장을 위해 오늘도 끊임없이 나아간다.

아직은 미완의 나이기에 나를 돌보는 일은 언제나 현재진행형이다.

시작이 있었기에 변화를 만났다

..

정재익

1. 가족과 대화에 변화가 생겼다.

상담자 이전에 나도 가족의 구성원이다. 나 역시 많은 문제점을 포함한 한 사람이다. 나 자신이 가족 사이에서 문제를 해결하지 못하며 타인들의 삶에 관여한다는 게 자연스럽지 못할 수 있다. 그렇기에 자신이 무엇이 부족하며, 가족과의 관계를 더 좋게 만들기 위해 어떤 노력을 하는 것이 맞는지 늘 고뇌하고, 매일 변화가 일어날 수 있도록 계획을 세워 실천하게 되었다.

아무리 좋은 이야기라도 듣고 잊어버리면, 변화는 없다. 매일 자신만의 루틴을 정확하게 만들어 꼭 실천에 옮기는 일들이 있어야 하고, 그것을 통해 기록하고, 꼭 필요한 것을 모아 매일 가족으로 가져가려는 선택과 실천이 있어야 했다.

나 자신이 게을러지면 나와 연결된 가족에 아무런 변화가 생기지 않는다. 내가 가족에 무엇을 보태고 채워야 하는 것이 핵심이기에 실천을 미루고 꺼리면 상실감만 맛보게 되기 때문이다. 하고 싶은 말이 많아도, 일단 들으려 하게 되었고, 그것을 위해 말하지 않고 상대의 처지에서 보는 마음을 더 굳건하게 했다.

매일 실수하고 반성하고 또 실수하는 나날이지만, 아무것도 하지 않는 것보다 변화하려 노력하는 나 자신을 발견하는 것이 더 아름다웠다. 구성원의 말을 듣고 자신이 상처받는 일련의 과정들을 분석하고, 내가 상처받지 않기 위해 어떻게 해야 할지 수많은 실수 끝에 이것을 풀어내는 공식도 발견하게 되었다.

내가 먼저 가족을 통해 경험하고 이것에 대해 정리하고 하나의 이론을 만들 수 있다면, 이는 곧 내담자를 위한 소중한 시간이 될 수 있다는 것을 알기 때문이다. 지금은 일상에서 일어나는 작고 큰 것들이 모두 영양분이 되어 매일 성장하고 있는 자신을 보면서 진심으로 기뻐하고 있다.

좋은 부모가 되고 싶기에, 부모 교육에 대해 더 공부하게 되었고, 나의 후회에서 출발한 예비 부모 교육에 대한 절규 등 모든 것은 내 가정과 이어져 있다. 삶이 쉬운 사람이 어디 있겠는가? 다만 자신의 삶을 통해 얻는 값진 경험을 승화하고 캐시백 포인트를 자신에게 축적해 두었다가 다른 큰일이 발생할 때 그 캐시백 포인트를 어떻게 활용해야 하는지 알아 가는 과정이 존재한다. 이렇게 순환되는 메커니즘을 이해하고, 각자 다르지만 맞춤 형태의 고통을 다루는 법에 대해 내담자들에게 전하려고 한다.

2. '고통'에 대해 바라볼 수 있는 시선이 생기게 되었다.

상담을 통해 가장 많이 공부한 것은 고통을 바라보는 시선이다. 그 고통을 어떻게 다룰지에 따라 우리 인생은 너무나 비관적일 수도 긍정적일 수도 있게 되는 갈림길에 서게 된다.

그동안 공부와 경험을 재정리하는 작업을 통해, 고통에 대한 나만의 이론을 만들 수 있게 되었고, 이것을 통해 내 삶에 적용하고 고통을 대하는 방식이 확연하게 달라졌음을 느끼고 있다. 상담 공부를 하고 상담하는 중에 참 큰 선물로 내게 다가왔다.

내담자들이 말하는 고통을 바로 보는 눈을 만들고 해법을 함께 탐색하기 위해서 내가 먼저 나의 고통을 어떤 각도에 바라보고 있는지 참으로 많은 학습을 하고 있다.

3. 생활의 루틴을 구체적으로 만들기 시작했다.

나에겐 일상의 루틴이 있다. 기상하자마자 빠지지 않고 매일 구독하는 기분이 좋아지는 유튜브 영상, 그리고 간간이 짬이 날 때 꼭 보는 몇 개의 동영상이 있다. 같은 문제를 보더라도 접근하는 방식이 전문가마다 다르기에, 이러한 영상은 내가 상담하는 데 큰 도움이 되었

심리상담사도 마음 아플 때가 있습니다

다. 유튜브에서 소개하는 귀한 책들을 한 권 한 권 기록해 두었다가, 기회가 있으면 몇 권씩 구매해서 읽을 때 무척 힘이 된다.

유튜브를 볼 때도 매일 상담과 관련된 새로운 키워드를 정하고, 그것과 관련된 동영상을 위주로 먼저 보는 습관을 만들게 되었다.

4. 독서에 대해 나만의 접근법을 새롭게 만들기 시작하게 되었다.

상담하면서 예전에는 잘 읽지 않았던 다양한 분야의 책을 서서히 자연스럽게 읽게 되었고, 틈만 나면 도서관에 들러 책을 접하려 노력하게 되었다. 최근 나의 변화는, 이제 시야를 넓혀 한국에 있는 도서관을 검색하고, 꼭 가고 싶은 도서관 리스트를 만들어 하나씩 직접 방문하며 그 기쁨을 만끽하고 있다.

그 처음으로 부산의 도서관들을 찾아다니며 자기 발전을 위한 수많은 책에 대한 색다른 체험을 시작했다.

5. 나의 일생 폴더

나는 모든 것을 외장 하드에 보관하는 습관이 있는데, 그 안에 l나의 일생 폴데라는 폴더가 있다. 한 마디로 나의 일생에 일어나는 모든 자료를 보관한 폴더다. 0세부터 10세, 11세부터 20세… 90세에서 100세까지 만들어 두었다. 요즘 매일 들어가는 폴더는 50세에서 60세 폴더이며, 54세 11월에서 12월 폴더에 들어가 매일 사진과 일기를 남기고 있다. 이것은 누구에게 보이기 위함이 아니라 나의 인생을 내가 정리하고 돌이켜 보는 나만의 사이버 공간이다. 오늘 기억에 남는 일은 신장결석 수술로 51만 원을 썼다고 방금 적고 나왔다.

[나의 일생 폴데엔 감사 히스토리, 나의 건강, 나의 글모음, 나의 멘토들, 나의 이력서 정리, 동굴 속의 순간, 부모로서 나의 노력, 삶에서 성취한 일 등 50여 개의 노란 폴더가 있다. 이 폴더를 하나하나 찾아 들어가 내 생각을 매일 채우고 있다.

6. '행복'에 대해 다루게 되었고 그 정의에 대해 사람들과 이야기하기 시작하게 되었다.

사람이 태어난 이유에 관해 이야기하다 보면, 다양한 사람들의 다양한 생각을 듣게 된다. 그것으로부터 출발해 행복을 이야기하고 그 행복이 무엇인지 같이 고민하는 시간이 늘어나게 되었다. 이것을 공부하고 있다는 사실이 큰 변화이다. 행복이 무엇인지 알기도 싫어하는 내담자들도 많다. 그것에 대해 비아냥거리거나 냉소적인 분들도 많다. 진심으로 갖고 싶지만, 그것이 자기 것으로 생각하지 못하기에 어려워서 외려 반대로 행동하는 양상으로 느껴졌다. 행복을 제대로 전하기 위해 지금도 노력하는 이유는 그것을 갖고 싶어도 가지지 못하는 이들에 대한 아픔이라고 해야 할 것 같다.

'관점을 바꾸면, 지금, 이 순간부터 행복해질 수 있다. 세상은 내가 열정이 있다면, 아는 만큼 볼 수 있게 되고, 내가 볼 수 있는 만큼 행복한 가족을 맞이할 수 있기 때문이다.' 상담사 이전에 나 또한 고통을 제대로 다루지 못했던 사람이었다. 그 강렬하고 뜨거운 아픔에 속수무책 까무러치던 나약한 자아였다. 그러나 그 고통을 통해 나는 여동생이 이끌어 준 상담이라는 새로운 길을 만나게 되었다. 여러분! 지금 아픕니까? 너무 힘이 드십니까? 혼자서 아파하지 마시고 가까운 상담 센터를 찾으십시오. 상담을 시작하는 것도 용기 있는 사람들만 할 수 있기에 상담소로 향하는 그 발걸음을 축복한다. 지금 바로 선택하라.

한발씩 뚜벅뚜벅

..

최지원

한 가지 직업을 오랫동안 유지하는 사람들이 부러웠다. 나는 그러지 못했다. 끈기가 부족한 탓이라고 나를 자책하기도 했다. 다들 평범하게 잘 살아가는 것 같은데 나에게는 그게 왜 그리도 힘들었는지 모르겠다. 첫 번째 사회생활은 평범한 회사원이었다. 나는 그것이 가장 흥미가 없었던 것 같다. 대기업이었다. 부모님은 자랑스러워하셨고 지인들은 부러워했다. 지루하고 단조로운 회사 생활의 유일한 낙은 회사 출근 전 새벽 운동과 끝나고 동호회 활동이나 동료들과 맥주 한 잔이었다. 재미없는 회사 생활을 이겨낼 방법에 더 초점을 맞추고 있었다. 부모님은 억지로 회사 생활을 하는 나를 보며 '다 그렇게 살아'라고 말씀하셨다. 아침에 눈 뜨면 '출근하기 정말 싫다.'라는 마음의 소리를 한가득 뱉어내며 간신히 출근하는 날이 점점 많아졌다. 회사만 그만두면 내가 좋아하는 일을 하리라고 호기롭게 사표를 냈다. 사실 아무런 대책도 없이 퇴사했다. 꼴좋게도 나는 일 년 동안 백수로 지냈다. 내가 뭘 좋아하는지, 잘할 수 있는지 고민만 하다가 시간이 흘러가 버렸다.

다시 회사원이 되기는 싫었다. 두 번째 선택한 것은 영어학원 강사였다. 강사 생활은 회사보다 훨씬 나의 적성과도 맞는 듯했다. 아이들을 만나고 가르치는 일이 재미있었고 아이들이 예뻤다. 다양한 영어권 국가에서 온 원어민 선생님들과 어울려 지내는 것도 즐거웠다. 적성에도 맞고 일이 재미있어서인지 시너지효과가 났다. 강사에서 관리자로 승승장구했다. 하루 12시간을 일해도 힘든 줄 몰랐다. 천년만년하게 될 줄 알았다. 결혼과 임신 그리고 출산으로 학원 생활은 자동으로 부적합한 사람이 되어버렸다. 선택해야만 했다. '나중에 다시 오면 되지'라고 생각했다. 나는 참 단순한 사람이었다. 언제나 내가 원하면 그런 자리가 기다려 줄 거로 생각했다. 오만이고 착각이었다.

늦은 시간까지 일하는 직업은 아이를 키우는 엄마에겐 치명적이었다. 일에만 몰두하고 더 많은 수입을 만들고 돈을 많이 주고 이모님을 쓰는 방법, 지인에게 평일에 아이를 맡기고 주말만 아이를 보러 가는 방법도 있었다. 주변에서는 애는 금방 자라니 지금 할 수 있는 것을 해야지. 라며 조언 해주었다. 다시 그런 말이 들려왔다. '다들 그렇게 살아'라고. 평범한 것이 제일 힘들다더니 나는 그렇게 평범하게 남들 하듯이 사는 것이 참 힘들게 느껴졌다. 그래도 아이와 많은 시간 떨어져 있고 싶지 않았다. 다른 방도를 찾아야만 했다. 남편이 퇴근하고 오는 저녁 시간 아이를 맡기고 학생들의 집으로 찾아가는 과외도 했다. 아이가 어린이집에 갈만한 나이에는 초등학교 방과 후 강사를 했다. 아이가 조금 더 자라서는 집에서 공부방도 했다. 요래 저래 나름 참 열심히도 살았다. 지금 돌아보면 참으로 내가 대견하다. 그러던 어느 날 문득 '과연 내가 이 일을 몇 살까지 할 수 있을까?'라는 생각으로 다시 고민에 빠지게 했다. 학원 생활을 하면서 관심이 갔던 아동심리에 관해 이야기를 나누다가 지인의 권유로 가족 상담 치료학과가 있는 대학원에서 공부를 시작했다. 상담사가 될 거라 목표를 정하고 시작한 것이 아니었지만, 공부하다 보니 나도 모르는 사이 과정을 수료하고 전문상담사 자격증을 취득하고 상담사가 되어 있었다. 나도 모르는 사이 일어난 일이었다.

상담사가 되어가는 길은 심리적 안정을 찾아가는 길이면서 동시에 어려운 마음을 가진 이들에게 밝은 길을 안내해 줄 수 있는 안내자 역할에 필요한 수양의 길이었던 것 같다. 상담사라는 직업은 나도 가족도 행복해지면서 타인도 행복하게 만들어 주는 일이다. 사람의 마음을 다루는 일이라 상담사의 길은 끝없는 공부와 수련이 필요하다.

오랜 세월에 걸쳐 갈고 닦아야 하는 것에 멈춤이 없는 직업이다. 나를 이 길로 들어서게 해주신 훌륭하신 상담사이자 스승이자 지인이신 교수님도 칠십이 넘으신 나이에도 아직도 역량 강화를 위해 공부를 게을리하지 않으신다. 그런 모습을 보며 나아갈 힘을 얻기도 한다.

끝도 없는 공부가 힘들어서 포기하려고도 했었다. 석사 두 번째 학기가 끝날 때쯤 끝이 없는 공부라는 걸 실감했다. 마치 망망대해에 표류하는 작은 돛단배 같은 느낌이 밀려왔다. 앞으로 해야 할 과정들이 태산같이 높아 보여 그만두는 것이 나을까, 하는 생각도 했다. 가끔은 같은 또래 동네 엄마들이나 친구들의 여유로운 시간이 부럽기도 했다. 아이들을 학교에 보내고 문화센터에서 취미생활도 즐기고 운동도 다니며 편안해 보이고 한가로워 보이는 모습들이 좋아 보였다. 괜히 시작했다는 후회도 여러 번 했다. 그런 생각이 들 때면 처음 회사를 그만둔 때까지 후회가 거슬러 올라가곤 한다. 그때 그만두지 않았더라면 지금의 나는 조금 더 안정되고 걱정이 없겠다고 말이다.

돌이켜 보면 상담사가 되는 길을 포기하지 않고 묵묵히 갈 수 있었던 내 주변의 자원이 참 많았다. 육아, 일, 공부를 병행하는 나를 위해 집안일을 많이 도와준 남편. 그리고 주말에 과제에 짓눌려 함께 놀아주지 못했어도 투덜거리지 않고 기다려 준 우리 딸. 이제는 내가 책상에만 앉아도 내가 뭘 하는지 눈치채고 보채지 않고 조용히 자기

할 일을 하는 의젓한 모습을 보인다. 참으로 고맙다. 내가 하는 일을 묵묵히 응원해 준 나의 언니와 친구들에게도 감사하다. 다른 길이었다면 포기했을 것이다. 다행인지 상담사를 위한 학과 공부 외에 수련활동을 하면서 일어났던 많은 치유 작업 덕분에 포기하지 않았다. 도망가고 싶고 포기하고 싶은 마음들도 내면 탐색을 통해 담담히 받아들일 수 있었다. 앞으로도 공부할 자격증들, 논문작업들, 갈 길이 멀지만 내가 처한 주변 환경 탓, 나의 의지 탓, 그런 거 하지 말고 그냥 묵묵히 한발 한발 뚜벅뚜벅 가보련다. 아주 기꺼이 나를 돌보며 그렇게 가보려고 한다.

'작은 연못에서 시작된 길, 바다로 갈 수 있으면 좋겠네'라고 시작하는 윤도현의 '흰수염고래' 노래의 가사다. 내가 지치고 힘들 때 나를 위로해 주는 노래다. 작은 연못에서 시작한 물은 한길로만 흐르지 않는다. 굽이굽이 돌아갈 때도 있고, 급경사를 만나 떨어질 때도 있고, 커다란 바위에 부딪혀 두 갈래로 떨어질 때도 있고, 이렇게 저렇게 흘러가던 물은 강은 만나고 드디어 바다에 도착한다. 나의 삶이 그랬다. 한길만 가지 않았다. 그러나 멈춘 적은 없었던 것 같다. 이제 시냇물에서 강의 시작점쯤에 도달한 것 같다. 언젠가 광활하고 깊은 바다에 도착하는 날이 오겠지. 나도 모르는 어느 순간 말이다. 그날을 위해 산도 둘러보고 지나가는 자동차도 구경하면서 흘러가 보고 싶다. 콧노래를 부르며 내가 사랑하는 사람들과 함께 가고 싶다.

마치는 글

김명서 ●

첫 번째 공저를 통해 함께 쓰는 작은 세상을 경험할 수 있었습니다. 글쓰기를 하면서 살아온 시간선을 따라 나를 돌아보았습니다. 글쓰기는 힘이 있었습니다. 힘들었던 과거는 흔적을 남겨 완전히 사라지지 않는다는 것을 다시 한번 글을 쓰며 바라볼 수 있었습니다. 과거의 상처를 가진 나는 안쓰러운 어린 존재였다는 사실을 상담사가 되어 인정할 수 있었습니다. 그리고 그 사실을 인정하는 용기를 배웠습니다. 상처로 명명하면서 상처로 받아들였던 내가 있었습니다. 인정하고 나니 가볍고 편안함이 나에게 선물처럼 다가왔습니다. '상담사'라는 직업은 마음의 눈을 선물했습니다. 김명서(明抒)라는 필명으로 작가가 되었습니다. 글쓰기를 통해 상처가 아닌 '아쉬움'으로 말할 수 있는 글 길잡이가 되고 싶습니다. 누군가에게 정서적인 위안과 안식이 되는 그런 글을 쓰는 작가가 되기를 바라며, 이 책이 글 길잡이가 되는 첫 관문이기를 소망합니다.

김미선 •

세 아이를 키우며 감정을 다루는 것이 힘겨웠다. 감정에 색깔과 언어로 표현하는 방법을 몰라 당황스러웠다. 10월에 시집을 간 딸의 뒷모습을 보며 내가 딸아이를 키운 것이 아니라 함께 커왔구나! 미성숙한 엄마로 인해 아이도 아주 아팠겠구나! 가슴이 먹먹했다. 아이를 양육하며 미안함과 죄책감으로 아파하는 부모들에게 안내해 주고 싶다. 자신의 미성숙한 내면의 아픔이 아이를 아프게 한다는 것을. 나 자신을 마음으로 사랑할 때 아이를 사랑하는 힘이 생긴다는 것을. 아이들 인생 전체를 책임질 수 있다는 착각을 멈추어야 한다. 내가 안내한 방향이 옳다는 판단도 착각이다. 길 한복판에 웅크려 서 있는 아이들은 두렵고 불안하다. 아이들 내면에서 역동하는 힘과 에너지를 믿고 기다려 주자. 그리고 지쳐 머뭇거릴 때 손 내밀어 주자. 그것이면 충분하다. 나 또한 뒤늦게 깨달은 것이다. 나는 세찬 삶의 길을 걸어 지금 상담자가 되었다. 내 인생의 아프고 슬픈 경험을 해피엔딩으로 재구성하고 싶다. 글 빛 백작 공저 작가로 시작에 첫발을 내디딘다. 용기를 낸 나에게 격려와 지지를 보낸다. 끊임없는 도전에 두려워하지 않는 단단한 나에게 고마운 마음을 전한다. 이 글을 보는 독자들에게 전하고 싶다. 당신 안에는 거대한 성장의 욕구와 에너지가 있다는 것을 믿기 바란다. 성장을 위한 용기를 내기가 머뭇거려지는 분들에게 나의 글이 시작 버튼이 되길 바란다.

김성례 •

우리는 매 순간 다시 태어난다.

밥 이야기를 하면서 체화된 몸을 다시 만났다. 경험하는 모든 것은 '내가' 되어가는 과정이다. 밥을 먹을 때 두근거렸던 심장을 진정시키기 위해 요리를 배웠다. 음식을 먹을 때 색, 냄새, 맛, 소리를 느끼며 '지금 여기'에 있을 수 있다. 밥을 먹을 때 떨었던 심장은 편안함과 기쁨이 스며든다. 두려움에서 기쁨으로 바뀌었다면 다시 태어난 것이다. 잠은 완전한 휴식이다. 매일 잠을 잔다. 잠을 충분히 자고 일어나 일을 할 수 있다면 다시 태어나는 것이다. 좋아하는 사람과 식사하고, 차를 마시는 것도 나를 다시 살아가게 한다. 산책하면서 바람, 햇빛, 꽃 한 송이, 노을 지는 저녁 으스름의 향기를 맡으며 '좋다'에 있었다면 다시 태어나는 것이다. 글쓰기를 처음으로 했다. 어제와 다른 오늘이다. 어제보다 조금이라도 나은 오늘이면 다시 태어나는 것이다. 글쓰기를 통해 다시 태어나는 용기를 가질 수 있음에 감사드린다.

미래다혜 •

초등학교 1학년 때 독서 감상 글쓰기 전국 장려상을 받은 적이 있었고, 3학년 때도 교내 글쓰기대회에서 동상을 받았었다. 그 이후로 방학 과제로 홍길동전 읽고 독후감을 써서 상을 받기도 하였다. 내가 글쓰기에 재주가 특출하다고 생각하지는 않았지만, 살아오며 때로는 글을 쓰고 싶었던 때가 있었다. 학교를 졸업한 후 글쓰기를 해본 게 오래전이라 이번 공저를 함께하는 것이 쉽지 않았다. 그러나 이 시간은 상담사가 된 나를 돌아보는 계기가 되었다. 삶의 아픔을 이야기하며 짧은 인생을 돌아보고, 내가 왜 상담사가 되었는지도 생각해 보았다. 글쓰기를 통해 상담사로 살아가는 내 삶을 정리하고 앞으로 나아갈 힘을 얻었다. 글은 읽는 사람에게도 빛이 되지만, 쓰는 나에게도 힘이 되는 것 같다. 추억은 삶에서 가끔 꺼내어 볼 수 있는 기쁨인 것을 어른이 되고 알았는데, 글을 쓰며 내 마음속 어린 시절의 추억들을 열어보며 마주하는 즐거움이 있었다. 나의 이야기를 읽는 누군가는 자신의 삶을 열어보고 앞으로의 삶에 대해 방향 설정하는 순간이 되기를 바란다.

양지유 ●

시력만큼 볼 수 있고, 청력만큼 들을 수 있습니다. 의식의 역량만큼 지혜로울 수 있습니다. 미워야 할 대상에 인과를 떠넘기며 회피와 왜곡, 일반화를 일삼던 나! "모두 너로 이렇게 된 거야" 'NO' 관념이 바뀌고, 진실이 드러날 때, 알게 되었습니다. '모두가 하나로 연결된 사랑'임을! 우리는 부족했을 뿐입니다.

나의 변화를 위해서 경직된 관념을 깨부수는 작업이 필요했고, 이제는 진실하게 나의 경험을 나눌 수 있는 용기가 생겼습니다. 조금이라도 힘든 이들에게 보탬이 되는 사람으로 살고자 합니다. 그래서 상담 현장의 동지들과의 연대를 간절히 소망합니다. 상처를 안고 지금 여기에 있는 우리는 모두 아픈 것 같습니다. 민들레 학교를 통해 만난 지친 학생들, 사랑 아닌 사랑에 쓰러진 부모님들, 죽음 직전에서 울고 있는 청소년들, 아픈 경험들이 가슴 가득 있습니다. 어디서부터 풀어야 할까요? 이제는 시작해야 합니다. 홀로 가는 길은 너무 외롭습니다. 그래서 쉽게 지쳐서 주저앉게 되지요. 서로의 힘을 모으기 위해 이 글을 씁니다.

남은 생, 온전히 평화를 나누는 삶을 살고 싶습니다.

임성희 •

인생을 정리하고 그동안 하지 못한 말들을 글로 표현해 보았다. 어리숙하고 부족한 것이 많다고 여기며 살아온 나이기에 이런 글을 써도 되는지 망설여졌다. 이 글로 인하여 가족들이 아파하지는 않을까 염려도 되었다. 나를 만났던 아이들의 이야기이기에 더욱 머뭇거려졌다. 글을 쓰면서 많이 울었다. 어렸을 적 나의 모습에, 큰아이에게 잘 못한 부분이, 그리고 학교 상담사로서 함께 해주지 못한 미안함이 나를 울렸다. 울고 나니 시원했다. 그동안 가지고 있었던 마음의 짐을 떠나보냈다.

이 글을 쓰면서 내가 심리상담사가 된 것이 우연이 아님을 깨달았다. 아픔은 결국 사람들을 이해하게 도와주는 씨앗이 되었다. 이 씨앗은 희망이라는 나뭇가지를 틔워냈고, 사랑이라는 열매를 맺었다. 이 열매가 또 다른 씨앗이 되었기를 기도하면서, 오늘도 희망이라는 씨앗을 틔우기 위해 학교로 간다. 아이들이 있는 학교로. 내가 있어야 할 자리로. 오늘의 사랑을 주기 위해. 내일의 사랑을 퍼뜨리기 위해. 사랑이라는 열매의 씨앗을 심기 위해 나는 학교로 향한다.

전숙희 •

소싯적, 그러니까 2, 30대에 출판사에 근무했다. 편집과 교정이 주 업무였다. 오자와 탈자, 비문을 찾아내기 위해 같은 내용을 반복해서 읽다 보면 지겨울 때가 많았다. 어쨌거나 덕분에 많은 책을 읽을 수 있었다. 결핍이 많음에도 나름 지혜롭게 살았다고 생각하는 건 순전히 그 시절 읽었던 책 덕분이다.

일의 성격상 가끔 작가를 만난다. 고(故) 장왕록 교수가 번역한 찰스 디킨스의 《두 도시 이야기》를 출간하기 위해 따님 장영희 교수를 만났다. 이런저런 이야기 끝에 글을 써보지 않겠느냐는 제안을 받은 적이 있다. 그러고 보니 남의 글은 읽으면서 내 글은 단 한 줄도 쓴 적이 없었다. '잘 쓸 자신이 없어서', '부끄러워서'였다. 그렇게 수십 년의 세월이 흘렀다. 대학원 동기가 공저를 내는 데 같이 하자고 했다. 덥석 그러자고 했다. 자신감이 생긴 걸까, 아니면 저만치 배경에 머물러 있던 욕구가 전경으로 다가온 걸까. 아직도 채워지지 않은 이름 모를 욕구가 있었나 보다. (전경과 배경 : 게슈탈트 상담에서의 심리학 용어. 어느 한순간에 관심의 초점이 되는 부분을 전경, 관심 밖으로 물러나는 부분을 배경이라고 함)

정승민 •

새로운 도전이다. 나에게 도전은 선택이고 선택은 늘 어려웠다. 무언가 새로운 것과 맞닥뜨리기가 두려웠다. 그래서 늘 도망치기에 바빴다. 하지만 그러기엔 하고 싶은 것들이, 이루고 싶은 것들이 너무나도 많았다. 그것들은 나를 살게 하는, 도전할 수 있게 하는 원동력이었다. 누군가는 무모하다 비웃을 수도 있겠지만, 그런 사소한 꿈들이 지금의 나를 있게끔 했다. 이런 나의 꿈을 응원해 준 소중한 가족과 지인들에게 너무도 감사하다.

글을 쓰며 지난 일기들을 훑어보았다. 그 옛날의 나는 무엇을 꿈꾸었나? 지금과 별반 다르지 않았다. 다만 지금은 막연히 꿈꾸었던 그 미래와 조금 더 가까워졌다. 왜? 그 꿈을 포기하지 않았기에, 또 너무나도 간절히 원했기에.

나는 이제야 도전이 두렵지 않다. 늦지 않았다. 어떤 선택이든 너무 늦은 때란 없다. 내게 있어 언제나 지금의 선택은 가장 빠르며, 최선이다. 나는 오늘도 최선의 선택을 위해 노력한다.

정재익 •

태어나서 처음으로 만나는 독자 여러분! 제 이야기에 귀 기울여 주심에 진심으로 감사 올립니다. 단 한 번밖에 없는 인생을 행복하기 위해 살기 위해서 지금 가장 집중하는 것이 무엇인지 생각해 봅니다. 현재 그리고 미래를 위해 그토록 만들고 싶은 것도 생각합니다. 가족과 더불어 행복하게 살기 위해서는 내가 나를 바로 알고 있는가가 가장 중요합니다. 제대로 된 나를 알아야 가족과 어떻게 동화하고 협력할지 공식이 나오고 답이 나옵니다. 궁극적으로 나의 행복은 가족과 어떻게 하모니를 이루는가에 따라 그 색채와 향은 천차만별로 달라지기 때문입니다. 매일 만나는 내담자들에게 정성을 다해 온전하게 다가가기 위해 오늘도 나를 바라보고 살피고 부족한 부분을 점검하고 있습니다. 내담자들이 상담을 통해 인생에 있어 자신이 가진 미처 발견하지 못한 강점을 찾아 온전하게 설 수 있도록 돕고 싶습니다. 그리고 이 일이 아버지를 세우고 어머니를 세우고 예비 부모들을 세워 가정이 평화로 이어질 수 있도록 하고 싶습니다. 마지막으로 드리고 싶은 말 전하며 갈음합니다. 새롭게 태어나고자 노력하는 사람들에겐 반드시 기회가 주어지고 반드시 성공할 수밖에 없습니다. 여러분이 그토록 매일 노력하고 갈망하고 계시기 때문입니다.

최지원 •

노트북 옆 작은 전자시계가 새벽 3시 15분을 가리킨다. 글쓰기 작업을 하면서 익숙해진 시간이다. 아이가 잠들면 글쓰기 작업을 시작하니 자정을 넘길 때가 많았다. 남편은 이런 나를 보면서 사서 고생한다고 피식 웃곤 했다. 주말에도 일하는 거냐며 노트북 앞에 앉아있는 나를 딸아이가 불쌍하게 쳐다보기도 했다. 나를 불쌍히 여기며 내버려 둔 두 사람에게 감사하다.

세상에 나의 이름이 들어간 책 한 권 있었으면 좋겠다는 막연한 생각으로 덤벼들었다. 4가지의 주제로 각 1.5매를 준비한다고 했을 때 아주 쉽게 생각했었다. 말하는 것을 좋아하는 나는 말하듯이 나의 이야기들을 술술 써 내려가면 될 거라고 시작했다. 호기롭게 시작한 나의 무모한 발상에 한 번 웃고 이제 나의 이름이 들어간 책 한 권을 손에 들 상상을 하니 다시 한번 웃게 된다. 무언가에 도전하고 애를 써서 결과물을 얻는 게 참으로 오랜만이다. 과정은 치열했으나 결실만큼은 너무나 달콤하다. 또 다른 도전을 위한 큰 힘이 되어 준 작업이었다.

심리상담사도 마음 아플 때가 있습니다